HADES

O "MENOS PIOR" DOS DEUSES

POL GISE

HADES

O “MENOS PIOR” DOS DEUSES

UMA DIVERTIDA VIAGEM
DO OLIMPO AO SUBMUNDO

tradução
Mariana Marcoantonio

Planeta minotauro

Título original: *Hades, el dios menos malo*

Preparação: Marianna Muzzi
Revisão: Elisa Martins e Flávia Yacubian
Projeto gráfico e diagramação: Márcia Matos
Capa e imagem de capa: Filipa Damião Pinto | Foresti Design
Imagens de miolo: Freepik

Dados Internacionais de Catalogação na Publicação (CIP)
Angélica Ilacqua CRB-8/7057

Gise, Pol
Hades, o menos pior dos deuses / Pol Gise; tradução de Mariana Marcoantonio. - São Paulo: Planeta do Brasil, 2024.
160 p.: il.

ISBN 978-85-422-2687-4
Título original: Hades, el dios menos malo

1. Ficção espanhola 2. Mitologia grega I. Título II. Marcoantonio, Mariana

24-1447 CDD 863

Índice para catálogo sistemático:
Ficção espanhola

MISTO
Papel | Apoiando o manejo florestal responsável
FSC® C112738
FSC www.fsc.org

Ao escolher este livro, você está apoiando o manejo responsável das florestas do mundo

2024
Todos os direitos desta edição reservados à
EDITORA PLANETA DO BRASIL LTDA.
Rua Bela Cintra, 986, 4º andar – Consolação
São Paulo – SP – 01415-002
www.planetadelivros.com.br
faleconosco@editoraplaneta.com.br

Ao meu filho

INTRODUÇÃO

Esta introdução é para aqueles não têm ideia de como foi o início da mitologia grega ou para aqueles que precisam refrescar a memória antes de lerem sobre Hades. Irei contextualizar. No começo de tudo, só existia o Caos, que viria a ser o que entendemos como o cosmos. Dele nasceram Érebo, a escuridão, e Nix, a noite. Também surgiu Tártaro, um abismo que se encontra no submundo — Hades falará mais sobre essa horrível criação —, e Gaia, nossa amada Terra, e não está muito claro se ela também é filha de Caos ou não, mas pelo menos é herdeira de alguma coisa, e isso não faz a menor diferença para nós. Érebo e Nix reproduziram e tiveram seus opostos, Hemera, o dia, e Éter, a luz. Gaia também quis reproduzir, mas, antes de fazer isso com Tártaro, primeiro decidiu fazer sozinha, porque podia. Dividiu-se pela metade, sim, exatamente, e de suas entranhas nasceu o céu, Urano. Depois, voltou a se unir como se nada tivesse acontecido. Se olharem para o céu, da Terra ou do espaço, verão uma manta que cobre todo o planeta sem deixar nenhum buraco por cobrir, e foi isso o que permitiu a ele assediar sua mãe e violá-la sempre que tivesse vontade, sem que ela pudesse fazer nada a respeito. Eu sei, é horrível, cancelem o céu se quiserem, mas o começo de tudo foi assim. Os primeiros filhos que eles tiveram foram os ciclopes, seres enormes com apenas um olho na testa, e os hecatônquiros, outros seres maiores ainda, que tinham cem braços e cinquenta cabeças, imaginem como deviam ser as pernas para aguentar tudo aquilo. Sabem o que Urano fez quando viu seus primeiros filhos? Enterrou-os no Tártaro. Ele os achou "feios demais". Com isso, Urano estava estabelecendo os padrões de beleza que temos até hoje. Gaia ficou com o coração partido, não literalmente, porque eram filhos dela e não queria que o destino deles fosse aquele, mas não tinha nada que pudesse fazer, só cruzar os dedos para que os próximos fossem mais normativos. E nasceram os da segunda leva: eram incrivelmente lindos, se tivessem redes sociais só precisariam sorrir para a câmera ou piscar um olho para deixar todo mundo louco. Mas isso também foi um problema para Urano. Desta vez, ele ficou com ciúmes. Disse que eram lindos demais e decidiu prendê-los. Gaia amaldiçoou a mãe que os pariu, que era ela própria, e tentou pedir ajuda a estes últimos filhos, os lindos. É assim que eu os chamo, mas o nome correto é "titãs" e "titânides". Vou lhes dizer seus nomes, há uma dúzia deles, mas também não precisam aprendê-los todos, Hades lhes lembrará. Jápeto, Têmis, Reia, Mnemosine, Teia, Cronos, Febe, Tétis, Hipérion, Ceos, Oceano e Crio. Mas, voltando: a mãe lhes pediu ajuda, contou tudo o que Urano fazia com ela, mas, segurem firme, nenhum deles quis ajudá-la. Disseram que tinham medo do pai, e alguns, inclusive, que não acreditavam nela, que precisavam de provas do seu sofrimento ou de ouvir "a outra versão". Enfim, ter filhos para isso. Para a sorte de Gaia, ela não tinha perguntado a todos os lindos, faltava um, Cronos, e só a titânide Reia sabia onde ele estava. Então Reia fez uma proposta à mãe: diria a ela onde se encontrava seu irmão se lhe prometesse que falaria bem dela para ele. Dá para ver que Reia gostava muito de Cronos e queria que Gaia fizesse o papel de casamenteira. Inacreditável, aproveitar que sua mãe está na merda para chantageá-la. Obviamente, Gaia aceitou, não tinha outra escolha, e a filha lhe contou onde o podia encontrar. Gaia foi buscá-lo e contou a ele o mesmo que contou aos seus irmãos e irmãs, mas Cronos, ao contrário, decidiu ajudá-la. Tramaram um plano, e Cronos acabou por cortar as bolas de Urano com uma foice fabricada por sua mãe. Finalmente, o sofrimento de Gaia terminou, e então começou o de Cronos. Urano dedicou umas últimas palavras ao seu filho, e irmão, Cronos: "Que seus filhos destruam você como você me destruiu".

Minha nossa, Cronos surtou com essa frase. Vocês nem imaginam. Como era de se esperar, ele se juntou com sua irmã Reia, e ela ficou grávida. Reia estava emocionadíssima com o nascimento de seu primeiro bebê, mas Cronos estava morrendo de medo porque não conseguia tirar as palavras de Urano da cabeça. Ele ficou tão angustiado que, assim que Reia deu à luz a sua primeira filha, Cronos a comeu de imediato. Mas, não se enganem, longe de deixar de copular ou tomar algum tipo de precaução divina, Reia voltou a ficar grávida outras cinco vezes... e Cronos comeu todos os seus filhos. Ou pelo menos era o que ele pensava. Reia só conseguiu salvar o último, Zeus, a quem escondeu na ilha de Creta e deixou aos cuidados de uma cabra e de sua sobrinha Métis, filha de Oceano e Tétis, que tentou prepará-lo para se vingar de Cronos e salvar seus irmãos e irmãs, embora ele só conseguisse pensar em se deitar com ela. Como podem ver, a história se repete, mas derrotar Cronos não foi tão fácil como derrotar Urano.

E, agora, depois de tudo isso, deixo vocês com a história de Hades. Preparem um chá, um café, um chimarrão ou qualquer outra bebida e sentem-se, que aí vêm fofocas mitológicas da vida de um deus... honesto, será?

1

DIZEM QUE É IMPOSSÍVEL LEMBRAR QUALQUER COISA DO PRÓPRIO nascimento, mas eu nasci duas vezes.

Da primeira, não me lembro. Quando tomei consciência da minha existência, estava dentro do estômago do meu pai, mas naquela época eu não sabia que estava no estômago dele, e muito menos que não devia estar ali. Lembro-me de me sentir cansado e com fome. E de que tinha companhia. Ouvia prantos por todos os lados, não conseguia distinguir o meu do das minhas irmãs. Poseidon nunca chorava, sempre teve os sentimentos de um tridente. Ele foi o primeiro que vi: ele me mostrou um pedaço de algo que devia ser comida, ofereceu-me e, quando estiquei o braço, o desgraçado tirou de perto e comeu debaixo do meu nariz. Ajeitou uma mecha do seu cabelo azulado atrás da orelha e fez isso de novo. Repetiu cinco vezes, dava para ver através daqueles olhinhos azuis-marinhos como estava achando aquilo engraçado. Na sexta vez, finalmente, ele me deu a comida, e juro que me joguei aos pés dele e os beijei como se tivessem manteiga de amendoim. Um manipulador nato.

A segunda que vi foi Hera, especificamente seu cabelo lilás com mechas loiras e liso como um escorregador. Lembro-me de Hera deitada no intestino do meu pai.

Minha irmãzinha, Héstia, foi a próxima. Quando a vi pela primeira vez, andava para um lado e para o outro, estressadíssima, com as mãos na cabeça e coçando com força seu longo cabelo cor-de-rosa. Se o plano de minha mãe não tivesse funcionado, minha irmã Héstia teria feito meu pai vomitar de tanto passear pelo estômago dele. Ela tinha os olhos mais escuros de todo o universo, mas era pura bondade. Digo "mas" porque vocês, humanos, associam tudo de ruim à escuridão. Isso sempre me incomodou. Os seres mais horríveis soltam as rédeas de sua loucura e crueldade em plena luz do dia, diante de todos, mas parece que vocês preferem um monstro honesto a um hipócrita ingênuo.

Deméter foi a última que conheci: tinha os olhos da cor de um castanho-fertilizante e o cabelo verde como as folhas de uma palmeira. Pouco mais pude observar dela, porque um objeto redondo e acinzentado caiu de repente do esôfago do meu pai e nos pegou de surpresa. Por um momento, pensei que fosse mais um de nós. Da mesma cor, sim, mas sem rosto nem membros. Então, o estômago do meu pai começou a se mexer. Era a primeira vez que aquilo acontecia. Eu caí em cima daquela coisa, que mais tarde ficamos sabendo que era uma pedra, e me agarrei a ela como se fosse minha irmã favorita. Os outros também caíram e tentaram se levantar, mas era impossível, estava tão escorregadio que não havia modo de ficar de pé. Poseidon resistiu, mas por mais que gritasse de frustração, acabou caindo como todos os outros. Sua primeira lição de vida, e talvez a única. Os tremores aumentaram e, de repente, fomos catapultados para cima. Senti um verdadeiro pânico, pensei que fosse o fim, mas na verdade foi o começo.

A luz do sol me ofuscou. Caímos em cima de um monte de grama, estávamos no alto de uma montanha. Ouviam-se gritos, muitos gritos. Demorei um pouco para ver e ouvir bem o que acontecia ao meu redor, tinha a bílis do meu pai em todos os meus orifícios, era nojento. Então me sacudi, limpei meus ouvidos e meus olhos como pude, e foi aí que vi Zeus pela primeira vez. Dava para perceber que ele, sim, tinha se alimentado bem. Estava ali de pé, ereto e forte como aquele monte, com seu cabelo espesso e frondoso como a floresta mais remota, e da cor branca-nuvem com reflexos dourados que o faziam brilhar como se fosse uma estrela. Literalmente. Ao lado dele estava minha mãe, Reia, e ela era a imagem viva de Hera. Se quisesse saber como Hera seria quando fosse mais velha, bastava olhar para nossa mãe. Mas ainda tínhamos outras perguntas mais importantes, como quem era aquele ser enorme que estava nos observando, entre lágrimas, com o ódio mais puro e sincero que jamais tinha visto no olhar de alguém. Meu pai, é claro, era meu pai. Ele me lembrava um pouco Poseidon, por causa do cabelo, que também era azul, mas era um azul muito escuro, o azul das profundezas do oceano.

— Você me traiu! — exclamou meu pai, apontando para minha mãe.

— Você tentou matar todos os nossos filhos, seu bosta! O que achava que eu ia fazer? — respondeu ela.

— Isso! — acrescentou Zeus, desnecessariamente.

Minha mãe estava nervosa, era muito provável que fosse a primeira vez que enfrentava Cronos. Devia estar assustada e se divertindo em igual medida. Ela tinha aguentado muito, tadinha.

Vou lhes contar por que meu pai queria acabar com a gente. Minha avó e meu avô começaram a ter filhos, e primeiro nasceram os ciclopes e os hecatônquiros, mas meu avô não gostou deles, achou-os muito feios, por isso, decidiu prendê-los no Tártaro. Depois tiveram outras criaturas, os titãs e as titânides, que eram lindos, mas ele também decidiu prendê-los porque ficou com ciúmes. "Não eram tão feios nem tão bonitos", ele dizia. "De qualquer forma, decida-se." No grupo dos bonitos estavam meu pai e minha mãe, Cronos e Reia. Minha avó, tadinha, já não podia mais com meu avô, então pediu ajuda a eles, e meu pai cortou as bolas do meu avô e as lançou ao mar. Por isso, ele disse ao meu pai que seus filhos fariam a mesma coisa com ele, e meu pai ficou tão obcecado porque não queria perder as bolas titânicas que decidiu comer todos nós. E aqui estamos. Isso que dá comer com furor, você se esquece de mastigar. O único que se salvou foi Zeus. Cinco tiveram que nascer antes que minha mãe tentasse salvar algum. Ela escondeu o nascimento de Cronos e deu à luz em Creta. Deixou o bebê Zeus lá e voltou com Cronos para simular o parto. Escondeu uma pedra na barriga e, quando fingiu que ele nascia, como Cronos estava completamente enfurecido, ele engoliu a pedra sem sequer se dar conta, e ela se converteu em minha irmã favorita. Quando saímos das entranhas do meu pai, a pedra tinha desaparecido, mas depois lhes falarei dela, ela é mais importante do que pensam. É irônico que Cronos tenha matado seu próprio pai por ter maltratado sua mãe, seus irmãos e a si próprio... E depois foi ele que tentou matar seus filhos. Agora, sim, queríamos destruí-lo! Agora, sim, eu queria dar uma surra nele até lhe arrancar os intestinos pelas orelhas. Para dormir neles, sobretudo, porque eram muito confortáveis.

Cronos olhou para todos nós, filhos e filhas, com aqueles olhos que pareciam que iam nos atacar a qualquer momento.

— Preparem-se, se vocês se atrevem, porque neste mundo não há convivência possível entre os titãs e vocês, meus filhos — disse nosso pai. E depois adormeceu.

Tinha acabado de nos declarar guerra... E se deitou ali mesmo para tirar um cochilo. Provavelmente, o maior erro de toda a história. Na verdade, foi porque tinha tomado uma poção para dormir que Zeus lhe tinha dado, quando meu pai ainda não sabia quem ele era. O aparecimento de minha irmã rochosa favorita e nosso segundo nascimento não ocorreram tão seguido como lhes contei. Não é que eu tenha mentido para vocês, é que o tempo ainda não existia. Bom, só para que me entendam: Zeus passou muito tempo em Creta antes de voltar para nos tirar de lá, se fez passar por uma espécie de ajudante da nossa mãe, ou algo assim, e lhe ofereceu aquela poção de que já lhes falei para acabar com ele. Quando meu pai adormeceu, Zeus se lançou sobre ele, tomou-lhe a foice com que tinha castrado nosso avô e foi direto para decapitá-lo. Neste caso, cortar os testículos dele não foi o suficiente. Infelizmente, o que Zeus não sabia era que aquela foice, que, aliás, tinha sido fabricada por nossa avó Gaia especialmente para Cronos, não podia ser usada contra ele. Teve que se contentar em lhe cuspir várias vezes. Nós não conseguimos fazer o mesmo, porque não sabíamos cuspir, e também não era um bom momento para nos ensinar. Minha mãe, com medo de que ele acordasse, pegou nós seis e nos levou para longe dali. Ia começar uma confusão das grandes. Cronos tinha acabado de nos dizer que tínhamos que enfrentar nossos tios, primos, primos de segundo grau...

Imaginem que vocês nasçam, pela segunda vez, e que um de seus pais lhes declara guerra. Como ter estabilidade emocional com tal recepção paterna? Alguém pode me dizer? Vocês, os humanos, têm almoços em família, nós tivemos a Titanomaquia.

A propósito, meu cabelo é vermelho como uma rosa, e meus olhos também, mas mais escuros, como duas cerejas.

2

DEZ ANOS. A GUERRA FAMILIAR DUROU DEZ MALDITOS ANOS. Mais ou menos, eu acho, não tenho certeza. Foi calculada depois que terminou, vocês sabem que até então o tempo não existia. Obviamente, nós ganhamos. Eles eram mais, mas nós os superávamos em força e inteligência. Tivemos um pouco de ajuda externa, não é preciso dizer, por isso gostaria de mandar um beijinho para os hecatônquiros e, principalmente, para os ciclopes Brontes, Estéropes e Arges, que ajudaram Zeus com seus raios, deram um tridente (que é como um garfo, mas muito maior) ao Pose (é assim que eu chamo Poseidon) e, para mim, um capacete bem bonito que me tornava invisível. Hera, Héstia e Deméter não receberam nada. Uma falta de atenção muito grave, realmente. Agora que estou desconstruído e até comecei a pintar as unhas, percebo que foi um ato muito misógino da parte deles, mas elas também não precisavam, né, já eram muito fortes e poderosas, não precisavam de capacetes nem de talheres. Talvez por isso não lhes tenham dado nada, agora não tenho certeza se devo cancelar os ciclopes ou não. Bem, também fomos ajudados por alguma titânide e algum primo. É que, assim, não foi só uma batalha de deuses contra titãs, mas algo geracional. Sim, geracional, como se os humanos *boomers* estivessem lutando contra os humanos *millennials* ou Z, embora nem todos os *boomers* passem os dias insultando adolescentes que compartilham seus pensamentos, e há muitos adolescentes *pick me* que têm pressa para se sentar à mesa dos adultos. Como Atlas, por exemplo, um valente de merda. Zeus o castigou e ele vai ter que segurar o céu para o resto da eternidade, azar o dele. Seu irmão Menoécio, o mais idiota dos filhos de Jápeto, teve mais sorte: foi fulminado por um raio de Zeus. Os outros dois irmãos, Epimeteu e Prometeu, eram mais espertos e ficaram do nosso lado. É engraçado porque Prometeu tinha a capacidade de ver o que ainda não tinha acontecido, enquanto Epimeteu tinha o mesmo dom, mas com o que já tinha acontecido. Eu os apelidei de "o adiantado" e "o atrasado", mas quero deixar claro que este último já não uso mais, eram outros tempos. E, por falar em tempo, sabem qual foi o castigo que o pai recebeu? Contar. Contar cada segundo, cada minuto, cada hora... Foi naquele exato momento que o tempo começou. Se tivéssemos perdido a guerra, vocês não chegariam a lugar nenhum cedo ou tarde, não haveria pressa, nem lentidão, não seriam nem velhos nem jovens, não haveria nada antigo nem nada novo, não veriam as coisas com perspectiva, também não precisariam de paciência, duvido até mesmo que pudessem sentir ansiedade. O tempo é tudo, e me senti muito sufocado no primeiro dia.

— Finalmente! Ha, ha, ha! O mundo é nosso, irmãos e irmãs! — exclamou Zeus, eufórico.

— Chegou a nossa hora, *bro*! — acrescentou Pose, dando pulos.

— Bem, mais a minha do que a de vocês...

— É isso aí, *bro*! *Broses*! Ha, ha, ha, ha — soltei, tentando me sentir um pouco integrado.

Eles me olharam com uma cara horrível e começaram a rir de mim. Aqueles dois eram um par perfeito. Eram quase idênticos em tudo, não só porque eram literalmente iguais, mas também porque Pose admirava Zeus do fundo de sua alma.

— Podem deixar de ser tontos? — perguntou Deméter, enquanto nos observava morta de vergonha alheia.

— Por quê? Está com inveja? — Pose lhe devolveu a pergunta com um sorriso nojento.

Deméter revirou os olhos e fingiu que vomitava.

— Não sou eu quem está com inveja... — ela respondeu, olhando fixamente para mim.

Isso me magoou muito. Especialmente porque nunca tentou me ajudar, limitava-se a apontar daquela forma tão... sutil?... o que eu não devia fazer ou dizer. Como se não conseguisse falar comigo.

— Vai, não discutam, finalmente temos tranquilidade e podemos desfrutar de estar juntos como a bela família que somos. E cada vez maior, não é, Zeus? — exclamou Héstia, contente, e com a doçura passivo-agressiva característica.

Hera pareceu incomodada.

— Como assim, maior? — perguntou.

Zeus não respondeu.

— Por que você parece irritada? — perguntou Héstia, confusa.

— Não estou irritada — respondeu Hera, claramente irritada.

— Pois parece que sim.

— Não enche, Hera — acrescentou Pose.

— Deixem-me em paz, não estou falando com vocês! — gritou Hera.

Zeus continuou sem dizer nada, mantinha uma atitude impassível. De vez em quando, fazia caretas e gestos como se não entendesse o que estava acontecendo. Mas ele sabia perfeitamente. Deméter agarrou Hera pelo braço e a levou para alguns metros dali, sob o olhar de nós quatro. Eu não abri a boca.

— Garota... — disse Deméter com carinho.

— O quê? Você também vai ficar do lado dele? — perguntou Hera, ainda incomodada.

— Não diga bobagens. Aqui a única que está do lado de Zeus é você.

Hera baixou a cabeça, mas a levantou rapidamente, orgulhosa.

— Não fale comigo como se eu fosse alguém a quem você deva educar e me diga do que Héstia estava falando — disse Hera, sem pestanejar.

Deméter suspirou.

— Vocês ainda não estavam juntos.

— Pare de preparar o terreno e desembuche.

Deméter assentiu com a cabeça.

— Zeus teve nove filhas com a tia Mnemosine.

— MALDITO MENTIROSO! — gritou Hera imediatamente e com toda a sua força, fazendo tremer todo o Monte Olimpo.

Nós quatro a ouvimos como se ela estivesse dentro dos nossos ouvidos. Zeus deu de ombros.

— VOCÊ DISSE QUE NÃO TINHA FICADO COM NINGUÉM ANTES DE FICAR COMIGO! — acrescentou Hera, entre lágrimas de ira.

— E ainda vai lhe mentir mais vezes, irmã — disse Deméter, enquanto a segurava.

— Solte-a, Deméter — ordenou Zeus.

Fez-se silêncio. A calma de Zeus as assustou. Héstia baixou a cabeça, eu não sabia para onde olhar, e Pose ria, tentando procurar no irmão uma cumplicidade que não encontrou, mas isso não o impediu de continuar rindo. Deméter abraçou Hera e depois a soltou. Zeus levantou a mão, fez um gesto para que ela fosse até ele e ela foi em seguida.

— O que você tem? — perguntou Zeus, hesitante.

— Não gosto que mintam para mim — respondeu Hera, enfrentando-o.

Zeus riu, Pose mais ainda.

— Vocês poderiam, por favor, parar de ficar irritados, hein? — interrompeu Héstia.

Todos olhamos para ela.

— Acabamos de sair de uma guerra e vocês já estão discutindo que um ficou com outra, que sei lá o que de mentiras... Somos deusas, Hera! Estamos acima de todas essas bobagens — acrescentou, muito zangada.

Isso magoou Hera. Tenho que admitir: eu estava do lado de Héstia, mas não porque ela tivesse razão, e sim porque eu estava cansado de tanto drama.

— Uou, Héstia, poxa, isso não é justo... — interveio Deméter.

— Quer falar de justiça agora? Vamos pedir que Têmis julgue tremenda estupidez? — respondeu Héstia, entre gargalhadas arrogantes.

Têmis era a titânide que representava a justiça e a equidade, é para ela que vocês, humanos, fazem estátuas com uma balança, como se fosse uma vendedora de frutas. Ela também teve um rolo com Zeus. Na verdade, tiveram as Horas, deusas que se encarregavam da ordem da natureza e de outras coisas, e que, por sinal, não acharam muita graça quando se meteram nisso das estações do ano... Bem, essa história fica para mais tarde. Zeus também teve três filhas com a oceânide Eurínome, as Três Graças, como vocês as chamam. E com certeza teve algum outro caso. Resumindo, durante a Titanomaquia, Zeus teve tempo para se reproduzir como um vírus em uma civilização homeopática. E ainda por cima, ganhamos. Se ele não tivesse transado, a guerra teria durado meio dia.

— Mas o que há com você? Agora, com a desculpa de que acabamos de passar por uma guerra, não vamos poder nem nos irritar! — exclamou Deméter, muito zangada.

Héstia começou a chorar.

— Veja o que você fez... — disse Zeus, indo abraçar Héstia.

Ela se deixou abraçar e começou a soluçar ainda mais. O maldito Zeus estava gostando.

— Isso é culpa de vocês, hein? — ele sussurrou para elas.

Deméter e Hera estavam furiosas.

— É que vocês duas são umas chatas, parece que querem acabar com a família, tenho razão ou não, *bro*? — Pose se meteu, voltando a buscar a cumplicidade de Zeus.

Zeus nem sequer olhou para ele, estava dando beijinhos fraternais na cabeça de Héstia. Sei o que vocês devem estar pensando, mas Héstia e Zeus nunca tiveram nada, nem sequer estiveram perto de ter alguma coisa.

— Viram? Vocês são tóxicas — soltou Pose orgulhoso, como se Zeus tivesse lhe *retweetado*.

— Vão todos à merda. Você sabe o que está fazendo, Hera — disse Deméter, fazendo um gesto para ir embora.

— Para onde pensa que vai? — perguntou Zeus.

Ela parou de repente e se virou devagar, tentando esconder o medo que sentia cada vez que ele se dirigia a ela.

— Ninguém pode ir embora, esta é a nossa casa agora, é aqui que vamos morar — acrescentou.

— Nossa casa? — perguntei, enquanto admirava a bela vista do Olimpo.

Estava muito contente. Não só podíamos por fim descansar, mas também íamos fazer isso nesse lugar tão verde, tão lindo.

— Bem, preciso falar com você sobre isso, Hades... — disse Zeus.

Eu me assustei.

— Sobre o quê? O que foi? — perguntei.

Pose riu, satisfeito. Olhei para ele, e eu não entendia o que estava acontecendo, mas suspeitava de que não era nada de bom... Pelo menos para mim.

3

Era preciso dividir as responsabilidades divinas do mundo, cada um de meus irmãos e irmãs tinha que se ocupar de algo. E quem ia decidir isso era Zeus, que tinha se autoproclamado líder supremo, como era de se esperar. Héstia, obviamente, ficou encarregada de ser a responsável pela família, pelo lar, por nos manter unidos... Em outras palavras, por nos obrigar a amar uns aos outros. Por cima do meu cadáver. Deméter foi designada para ser a distribuidora da terra, e não podia fazer muito porque Zeus ainda não tinha criado os humanos, mas acabaria sendo a deusa da agricultura. Hera, bem, tornou-se a rainha do céu, acabaram se casando e foram superfelizes... Brincadeira. Se havia épocas em que eram muito felizes, era porque na maior parte do tempo eram tão miseráveis que ficavam eufóricos por estarem bem, ainda que por apenas cinco minutos. Restavam Pose e eu...

— Quem quer o mar e quem quer o submundo? — perguntou Zeus.

Pose riu de novo. Estava tentando disfarçar, como se estivesse escondendo alguma coisa, até parecia que estava fingindo. Era muito estranho e eu estava muito confuso, não sabia o que responder nem se devia responder. Estavam escondendo alguma coisa.

— Eu quero o submundo! — exclamou Pose entre gargalhadas, enquanto me olhava pelo canto do olho.

Para que ia querer o submundo?, eu me perguntei. Eu nunca tinha estado lá, ele também não, que eu saiba, mas diziam que era um lugar horrível: estava debaixo da terra, diziam que o cheiro era insuportável, que havia criaturas muito estranhas e pouco amigáveis...

— Tem certeza, Poseidon? Você vai ter que morar lá, vai ter que se mudar, não vai mais poder viver no Olimpo — disse-lhe Zeus, olhando também de lado para mim.

— E ainda por cima vou poder morar lá? Mas esse é o sonho de qualquer um! Desculpe, Hades, eu não te perguntei, você se importa se eu ficar com o submundo? — perguntou-me, com aquele meio sorrisinho que lhe escapava do rosto.

Sim, estavam me enganando. Se vocês estivessem ali e tivessem testemunhado aquilo... Cada vez que eu lembro, morro de vergonha. Mas eu era um deus jovem, tonto, inseguro, inexperiente e com uma necessidade de afirmação daqui até o fim do universo. Não respondi, não sabia o que dizer.

— Está vendo, Zeus? Dê-o para mim, pois Hades não sabe valorizar o que é dominar um mundo inteiro sozinho, ainda que seja o de baixo... — respondeu Pose com ares de grandeza.

— Espere! — cortei, agora sim.

Os dois olharam para mim, fingindo surpresa.

— Claro que eu sei valorizar, que é que você está pensando? — disse, com muita superioridade.

Pose fingiu-se intimidado.

— Ora, ora... Veja como ele ficou...

— Cale-se, Poseidon! É assim que se fala, Hades, como um deus — disse Zeus para mim.

Agora eu me sinto mais burro do que uma porta, mas juro que naquele momento me senti como a criança que, finalmente, recebe a aprovação de seu pai. Aquelas palavras de Zeus me preencheram de tal forma que começaram a escorrer lágrimas dos meus olhos e muco do meu nariz. Zeus estendeu a mão.

— Hades, irmão, te dou o mundo subterrâneo, você quer? — perguntou com uma solenidade que até o vento parou para escutar a minha resposta.

— Quero — respondi na mesma hora, enquanto estendia minha mão e a encaixava na dele.

Houve um silêncio de dois segundos. Contei-os, o tempo ainda era algo novo e eu prestava bastante atenção nele.

— Você é tonto, Hades! — gritou Deméter ao longe, quebrando o silêncio.

Zeus e Pose desataram a rir. Foi incrivelmente exagerado. Começaram a morrer de rir, rolaram na grama olímpica, atiraram-se do monte várias vezes, brincando com sua imortalidade, e voltavam a saltar para cima... Tudo isso sem parar de rir de mim nem um único segundo. Eu queria morrer, não queria ver, não queria ouvir, fechei os olhos, tapei meus ouvidos, mas as gargalhadas altas ecoavam por toda a superfície. Só havia uma maneira de fugir daquela situação e que, por acaso, também era o meu destino.

— Quem dera a terra me engolisse... — sussurrei.

Zeus me ouviu e, num estalar de dedos, me mandou para o submundo. O chão se abriu e me engoliu. Senti uma pressão muito forte na cabeça, meus ouvidos se taparam, fiquei até tonto, mas pelo menos parei de ouvir os meus irmãos. Eu me perguntei se tinha sido igual quando meu pai me engoliu, porque a viagem foi demorada e teria sido divertido comparar as sensações. De repente, já não estava enrolado na terra como uma coxinha, e ela me soltou. Caí de uma altura considerável, mas com os dois pés e uma mão no chão. Fiquei agachado, olhando para o solo, e pude apalpá-lo, senti-lo, e vi que estava úmido, um pouco escorregadio. Lembrei-me do que tinham dito sobre o cheiro, mas nenhum fedor me bateu nas narinas, cheirava a... umidade, a água. De fato, podia escutar o som agradável e tranquilo de um rio seguindo seu curso. Suspirei, contei até três, porque três me parecia um bom número para enfrentar novos desafios e situações como aquela e, pouco a pouco, olhei para cima... E lá estava: minha casa.

4

Estava na margem de um rio. Atrás de mim havia um muro altíssimo de pedra e, à minha frente, para além do rio, conseguia ver parte do que me esperava. Vi fumaça saindo de outro rio, um rio de fogo. Também vi, ao longe, várias entradas para o que supunha serem cavernas, como pequenas ilhas da mesma pedra que estava pisando. Mas o que mais me chamou a atenção foi que as únicas cores que havia no que já era a minha casa, o meu reino, eram o cinza, o vermelho e o laranja... E pronto. Minha imaturidade, estupidez e ignorância tinham me privado do verde das plantas e das árvores, do marrom destas e da terra, e do azul do céu e do oceano. Entrei em depressão. Eu me deitei ali mesmo, naquela margem, com os joelhos encolhidos no peito, segurando-os com as mãos, e comecei a chorar. Não sei quanto tempo fiquei assim, o tempo já não me importava, só queria morrer. Chorei e gritei muito, muito mesmo, tanto que minha vista ficou turva e acreditei que estava começando a ter visões, quando uma silhueta das cores da superfície se plantou diante de mim e me deu uma tremenda bofetada que me fez levantar de um salto. Sequei minhas lágrimas para poder ver com clareza. Era a minha avó, Gaia.

— Vó? — perguntei, boquiaberto.

Ela parecia irritada.

— O que está fazendo aqui embaixo chorando como se tivessem arrancado o seu coração? — ela soltou.

Contei a ela o que tinha acontecido, que Zeus e Pose tinham me enganado. Ela não só não deu importância, como também começou a rir. Também não esperava a mínima inteligência emocional de sua parte, mas a risada dela me doeu mais do que o tabefe, o que já era suficiente.

— Você não precisa ficar assim por causa isso, Hades, são coisas de irmãos. Ah, se eu te contasse...

Minha avó sempre fazia isso. Não importava o drama que estivesse sofrendo, sempre dizia que a geração dela tinha sofrido mais e que, por isso, o resto de nós tínhamos que ficar bem. Xeque-mate.

— Mas, vó, estou me sentindo sozinho, enganado, traído... — disse, tentando fazer com que sentisse empatia por mim.

Enganado e traído eu aceito, mas, insisto, para enganos e traições...

— Vó, não me importa! Estamos falando de mim, de agora! Abrace-me ou algo assim, mas não me conte que os outros também sofreram, que isso não está ajudando! — eu a interrompi aos gritos.

Ela ficou estática, confusa, incomodada, acima de tudo. Tive a impressão de que tinha intenção de me abraçar, mas foi tão sutil que não sei se foi real ou se eu imaginei. Segundos depois, ela se recompôs e voltou ao seu estado de avó sabichona.

— Você não está sozinho, Hades.

— O que quer dizer com isso? — perguntei.

— Vem comigo — respondeu, e se virou para o rio.

Ela se aproximou mais da margem. Eu estava quieto, observando com atenção. Minha avó se abaixou um pouco, como se fosse coçar seu joelho robusto e rachado, e pulou. Achei que tivesse se quebrado, o barulho de suas articulações retumbou por todo o submundo. Voou uns cem metros como um míssil de madeira e aterrissou em uma das ilhas do rio, justo na que estava no meio, perfeitamente centrada. Olhou para mim e fez um gesto com a cabeça para que a seguisse. Suspirei, olhei para o chão para me despedir do lugar onde tinha chorado tanto e pulei. Devo dizer que, ao colocar os pés, quase escorreguei e caí de cabeça no rio. Não teria acontecido nada, mas teria me sentido um pouco ridículo na frente da minha avó. Por sorte, isso não aconteceu nem ela viu como eu quase perdi o equilíbrio, estava ocupada demais olhando para cima. Levantei os olhos, procurando o que estava demandando toda a sua atenção. Não demorei para encontrar.

— O que são esses buracos?

Havia vários, muito bem distribuídos naquele teto alto.

— São entradas para a sua casa.

— Ah.

— Você já vai ver para quem — acrescentou, olhando para mim.

Fazendo-se de misteriosa, pensei. Mas, na verdade, estava antecipando os acontecimentos. Minha avó, de vez em quando, via o futuro e, quando queria, profetizava.

— Aquele rio ali é o Flegetonte — disse apontando para o rio de fogo de onde saía fumaça.

Assenti, atento. Depois apontou para a nossa direita.

— Esse rio menor se chama Cócito, mas poderão chamá-lo de "rio das lamentações"...

— Poderão?

Ela me ignorou.

— O rio maior, para onde acaba indo o Cócito, é o Aqueronte, o rio dos infortúnios — disse, apontando o dedo para a esquerda.

— Se estão unidos, não são o mesmo rio? — perguntei, estupidamente.

Minha avó suspirou.

— O Cócito é um afluente do Aqueronte.

Fiquei olhando para ela à espera de que me explicasse que raio era um afluente. Ela suspirou outra vez.

— Não importa, afinal você não vai lidar diretamente com os rios...

Ia lhe perguntar de novo se vinha mais alguém, ali, comigo, mas ela continuou a falar.

— Do outro lado está o Lete, o rio do esquecimento... — acrescentou enquanto apontava mais para a esquerda. — E o rio da margem em que você estava chorando, que vai para os dois lados, e cujo caudal eu me atreveria a dizer que você aumentou, é o Estige, o rio do ódio.

— Bem, se eu aumentei, tenha certeza de que o fiz com lágrimas de ódio... — disse, tentando fazer graça.

Minha avó não riu.

— Vem mais alguém? — perguntei, com certa precaução, não queria outra desilusão.

— Não.

— Droga...

— Porque já estão aqui — acrescentou.

Aí sim que fiquei louco. Quase chorei de felicidade ao saber que não ia estar sozinho. Era o que mais me dava medo. Minha avó se virou e saltou de novo, mas desta vez até uma daquelas cavernas que eu tinha visto antes, ou seja, do lado oposto da margem do início. Eu a segui de imediato e entramos em uma delas. Estava muito escuro, mas as cores da minha avó iluminavam o caminho... Não tenho certeza se este comentário é racista, não perguntei à minha avó porque é bem provável que ela me agredisse fisicamente, então, vou deixá-lo como está. De repente, ouviram-se vários rugidos, quase iguais e com um pequeno intervalo de diferença, como uma reverberação.

— O que foi isso? — perguntei, assustado.

Minha avó parou, o caminho parecia não ter saída. Olhou para mim e sorriu.

— Você está prestes a conhecer a sua tia.

— Minha tia? Que tia? Uma titânide? Aqui?

Ela negou com a cabeça.

— Ela não é filha de Urano, se é que você acha que eu sou a única tonta que não teve outras pequenas aventuras...

Tenho que admitir que me deu um nojinho porque ninguém gosta de imaginar sua avó sendo sexualmente ativa, por mais normal que isso seja, mas, felizmente, esse sentimento não durou muito, minha imaginação foi interrompida.

Minha avó virou-se de lado, dobrou os joelhos e deu um soco tão forte na parede que ela praticamente evaporou, abrindo caminho e revelando o que havia do outro lado. Minha tia.

5

Minha tia era uma besta com três cabeças de serpente, do tamanho do próprio Monte Olimpo. Era verde, mas não era o verde de que eu gostava, e sim um verde triste, desbotado... Não me sinto confortável relacionando a cor de outros seres com os estados de espírito, não sei por que faço isso.

— Hades, eu te apresento Hidra, fruto da minha aventura com Tártaro.

Veja bem, sim, Tártaro é um lugar, mas também pode ser uma criatura, assim como Gaia, minha avó, que é o que estamos pisando a todo o momento. A questão é que deles dois só iam sair monstros... segundo os padrões de beleza do meu avô, claro, não estou fazendo *body shaming* com minha tia.

Hidra grunhiu.

— Por... por que ela está grunhindo? — perguntei, bastante horrorizado.

— Está zangada comigo porque a prendi aqui.

— Ah... Diga a ela que Urano fez coisas piores, vai que ajuda.

Ela me ignorou. Hidra voltou a grunhir.

— Arranque-lhe uma cabeça — disse minha avó.

— Como? — perguntei para que ela repetisse.

Minha avó se aproximou e pôs suas mãos de sequoia sobre meus ombros.

— Eu disse... arranque uma cabeça.

E me levantou do chão, como quem levanta um prato, e me pôs entre Hidra e ela.

— Mas o que você está dizendo?

Minha avó bufou, ficava muito zangada ao ser questionada.

— Arranque-lhe uma cabeça, Hades! Você está surdo ou o quê? De tanto chorar estragou seus ouvidos?

Fiquei com medo. Não respondi. Ela ficou mais zangada ainda.

— Não me admira que seus irmãos riam de você...

Isso doeu, e muito. E minha avó percebeu, e continuou:

— Você é ridículo! Não é capaz nem de arrancar uma cabeça desse monstro! O que você fez durante a Titanomaquia? Ah, já sei... Ficou invisível com o capacete que os ciclopes te deram e observou tudo de longe, não foi?

Comecei a me encher de raiva. Ela continuou a falar, não lembro o que mais disse, e eu me virei para Hidra. Ela me observava atenta com aquelas três cabeças enormes e aqueles pescoços intermináveis. Quanto mais falava, mais irritado eu ficava. Hidra grunhiu para mim, eu também para ela, mostrou-me os dentes e suas três cabeças vieram para cima de mim, uma pela direita, outra pela esquerda e a outra pelo meio. Não sei em que ordem chegaram, mas, assim que se aproximaram, agarrei cada uma delas até ter as três nos meus braços, lutando para fugir. Minha avó parou de falar. Olhei para ela pelo canto do olho.

— Quer que lhe arranque uma? — gritei.

Ela não respondeu.

— Pois lhe arranco as três!

Dei um puxão forte e ouvi como o corpo de Hidra caía no chão, seus pescoços cederam com muita facilidade. Lancei as cabeças aos pés da minha avó. Estava muito motivado, me sentia poderoso e, principalmente, satisfeito por lhe mostrar que era capaz de ter sangue frio como meus irmãos.

— Quer que eu lhe aplauda ou o quê? — perguntou minha avó, entre gargalhadas.

Perdi o controle, achei que o que tinha feito fosse algo incrível, mesmo que não tivesse sido preciso o mínimo esforço.

— Pe... pensei que... você queria que eu fizesse isso...

Ela pôs a mão na testa e suspirou.

— Não para me provar nada, Hades, mas para que visse isso — esclareceu, enquanto apontava para o corpo de Hidra.

Eu me virei e vi como a criatura começava a se agitar.

— O que está acontecendo? Por que está mexendo seu...?

— Cale-se e observe.

O movimento era cada vez maior, o chão começou a tremer. Minha avó estava eufórica; eu, morrendo de medo. Achava que minha casa nova fosse desabar. De repente, houve uma explosão e do corpo de Hidra saiu uma cabeça idêntica às anteriores. Recuei de susto. Minha avó, daquela vez, sim, aplaudiu. Eu estava louco. Poucos segundos depois, saiu outra cabeça, depois outra e mais outra, como pipocas estourando. No total, nasceram seis cabeças do seu corpo, até então sem vida. O dobro das que tinha no início.

— Para cada cabeça que lhe arranquem, saem duas outras. Era isso que eu queria lhe mostrar, Hades — disse, satisfeita.

Vi como Hidra olhava para mim, um olhar bem diferente do de antes, submisso agora. Eu tinha lhe arrancado três cabeças, por isso era normal que tivesse medo de mim, pobre criatura. Mas, oh, como me senti poderoso naquele momento. Foi o meu primeiro encontro com o poder sendo eu o senhor, o dono, o que era respeitado. A verdade é que me senti bem, finalmente tinha poder sobre alguém, como os meus irmãos. Agora sei que isso foi errado e não voltaria a fazê-lo, não é? Só estou sendo honesto, eram outros tempos. Pensando bem, nunca perguntei à minha avó como sabia que Hidra ganhava duas cabeças por cada uma que perdia. Porque, claro, quando a vi pela primeira vez, ela tinha três cabeças, um número ímpar, então, com quantas tinha nascido? Sei lá...

6

Tia Hidra ficou lá dentro por enquanto, não porque quisesse, também não sei se queria ou não, nem o que queria, simplesmente lhe ordenei que ficasse lá até novo aviso. Eu lhe fiz um gesto com o dedo indicador enquanto seguia minha avó, que já estava indo embora, e ela entendeu. Minha avó e eu saímos dali e, sem dizer nada, ela foi direto para outra caverna. Eu a segui.

— Para onde vamos agora? — perguntei, enquanto tentava igualar sua velocidade.

O som de outro rugido lhe poupou a resposta.

— Outro descendente seu e de Tártaro, vó?

Ela olhou para mim sorrindo e assentiu com a cabeça. Eu me frustrei. Só Hidra já estava bom, a verdade é que eu não queria outro monstro, queria encontrar alguém que se parecesse mais comigo, com meus irmãos e minhas irmãs, ou até mesmo com os titãs. Queria uma família, não bestas obedientes. Então paramos. Havíamos chegado a outra parede como a da caverna anterior. Antes de quebrá-la, minha avó se virou para mim.

— Cuidado com este, Hades. Talvez vá para cima de você assim que eu quebrar a...

Não conseguiu terminar a frase, meu novo tio se adiantou. A parede se quebrou em mil pedaços e, da fumaça, apareceu um cão enorme de quatro cabeças, preto como a noite... Voltei a fazer isso. Mas, neste caso, acho que vocês, humanos, não se incomodam, vocês falam de cães como falam de roupa, por isso, *sorry but not sorry*. Ele foi direto na minha direção, como se eu fosse o alimento mais saboroso que tinha visto em toda a sua existência. E provavelmente era.

Tive muito pouco tempo para pensar como reagir, então fui pelo jeito mais seguro. Assim que ele ficou a poucos metros de mim, pulei para um lado, agarrei-o pelo pescoço de uma das cabeças e a arranquei. Seu grito foi horripilante.

— Não! Mas o que você fez? — gritou minha avó.

— Como assim, o que eu fiz? Ele veio para cima de mim — respondi, confuso, mas tranquilo.

Meu tio continuava chorando. Minha avó correu desesperada até ele. Eu não entendia o que estava acontecendo, com Hidra ela não tinha ficado assim, muito pelo contrário. Minha avó lhe segurou a ferida produzida pela decapitação e a fechou com água e terra de suas entranhas.

— Mas o que está fazendo? Agora lhe tem que sair duas cabeças! — gritei.

— Nele não, seu idiota! — respondeu, muito irritada, enquanto acariciava a ferida de seu filho.

Fiquei petrificado, não literalmente. Sim, fiz uma cagada. Eu não sabia! Pensei que também seria como Hidra, mas não. É que, vamos, ponham-se no meu lugar! Um cão gigantesco de quatro cabeças vem correndo para cima de mim, justo depois de conhecer a outra besta, também com várias cabeças, que se multiplicavam e que ainda por cima é irmã dele! Como podia saber que não iam crescer mais cabeças nele, como nela?

Fiquei muito frustrado.

— Droga, vó! Por que você não me avisou?

— E por que você não avisou que ia arrancar uma cabeça dele? — perguntou, muito nervosa.

Bufei. Estava me sentindo péssimo. É verdade, ele tinha vindo correndo para cima de mim, mas porque estava assustado. Pobre criatura... Vai saber quanto tempo fazia que estava preso ali. Eu me aproximei devagar, queria que ele me perdoasse, precisava disso.

— Você fez muito mal, Hades.

— Como se chama? — perguntei, enquanto me agachava.

Minha avó suspirou.

— Cérbero.

Levei a mão ao seu lombo. Ele se sacudiu um pouco, estava com pânico de mim. Que sensação mais horrível, é assim que sempre vi meus irmãos, sempre fui o Cérbero... Não entendo como Zeus e Pose podiam gostar de provocar isso em mim e nos outros. Embora também seja verdade que com Hidra eu não tenha me importado muito. Minha avó também não se importou que eu a tivesse feito sofrer. Provavelmente porque Hidra é feia, segundo os padrões de beleza de Urano, insisto. Além do mais, ela não sabe fazer cara de pena como Cérbero, sempre olha para você com uma cara de "vou arrancar a sua cabeça", é difícil simpatizar com ela. Cérbero estava com o rabo escondido entre as patas, mas, à medida que eu o acariciava, foi relaxando. Uma de suas cabeças se virou e se aproximou da minha mão. A princípio, hesitei, mas ele estava muito tranquilo e me deu uma lambida.

— Parece que aceita as suas desculpas — disse minha avó, aliviada.

Não respondi nada, mas se alguém lhe tinha que pedir desculpas, era ela. Eu não o tinha deixado preso em uma caverna. Se Cérbero tinha tentado me machucar, a culpa era dela.

— Bom, vamos embora — soltou.

Ela se levantou e dirigiu-se à saída, como se nada tivesse acontecido. Minha avó sempre teve a capacidade de ser muito carinhosa e maternal e de se tornar fria e distante em questão de segundos, mas o que é que posso contar para vocês sobre a Terra que já não saibam?

7

Tínhamos acabado de sair da caverna de Cérbero e ficamos um tempo lá, quietos. Eu esperava que minha avó fosse a alguma outra, para segui-la, mas ela não se movia. Tinha o olhar perdido, e as plantas de seu cabelo não paravam de se mexer.

— Tudo bem, vó?

Ela me olhou com o canto do olho.

— Você deve fazer uma visita a suas irmãs e seus irmãos — respondeu, com um tom sério.

Um calafrio percorreu todo o meu corpo.

— O quê? Por quê?

— Pare de ser tão curioso e vá logo!

Dei um pulo e saí do submundo por um dos buracos do teto.

— Por que minha avó diz que eu preciso voltar ao Olimpo? Por que devo visitá-los?

Depois de ter chorado e gritado até não poder mais, falar sozinho em voz alta era normal para mim.

— Talvez eles queiram que eu volte porque estão com saudades, isso... Ou não sei, mas, sim, por que não? Claro, esses buracos são um pouco nojentos, sem dúvida, eu concordo...

Às vezes, eu dizia para mim mesmo coisas pela metade, talvez sem muito sentido para os outros, mas como era para mim e eu me entendo de um jeito que vocês não fazem ideia, então tudo bem. A verdade é que estava contente de poder sair do submundo e, ao mesmo tempo, com medo de voltar a ver meus irmãos, talvez isso tivesse algo a ver com eles. Mas se minha avó me havia dito que eu precisava ir, então eu não ia deixá-la mais brava.

— Bem, então, vou voltar.

Como eu não tinha certeza de onde o resto daqueles buracos me levariam, nem se todos levavam ao mesmo lugar, pulei para o outro lado dos rios, para a margem em que caí quando cheguei. Por mais que minha avó tivesse escolhido o outro, preferi sair pelo mesmo caminho por onde tinha entrado. E foi que eu fiz. Fiquei reto como uma vara, com todas as extremidades presas ao corpo, tomei impulso para cima e a terra me sugou. Voltei a sentir aquela pressão na cabeça, era muito incômoda, mas achei que meu corpo precisava se acostumar àquelas mudanças. Em determinado momento, sem querer, movi o braço direito, separando-o um pouco da lateral do corpo, e me dei conta de que a terra ao meu redor tinha se adaptado àquele movimento. Separei o outro braço e não só aconteceu o mesmo, como a velocidade com que eu estava indo diminuiu. Fiquei louco, podia controlar o tempo do trajeto e não ser jogado para fora ao chegar ao final, como aconteceu na primeira vez. Parei de experimentar e voltei a grudar os braços ao corpo para acelerar, tinha pressa para chegar ao Olimpo. Ia frear antes de chegar à superfície, mas calcular a distância era mais complicado, então, disparei de novo. Ouvi gritos de susto quando ainda estava no ar, mas não me preocupei, era normal que estivessem assustados, apareci do nada e fiz muito barulho. Quando aterrissei no solo olímpico, todos os gritos pararam. Bem, quase todos. Um grito de guerra se aproximava de mim em alta velocidade. Estava de costas para todos, então me virei e, entre os olhares espantados de meus irmãos e minhas irmãs, apareceu um rosto que eu não conhecia.

— Intruso! Há um intruso! — gritou o desconhecido.

Era um garoto jovem, forte, com cabelo preto, bem curto e grosso, olhos avermelhados, e cinza, como eu... Imaginei que devia ser da família. Ele me lembrava Cérbero pela maneira como corria na minha direção, mas daquela vez eu não ia arrancar nenhuma cabeça.

— Ares, pare! — ordenou Hera.

Ares era o nome daquele garoto com cara de mau humor e que, a propósito, não parava. Eu me preparei para me defender.

— Não sei quem você é, Ares, mas se não parar vou ter que te machucar! — eu lhe avisei.

Não foi uma boa ideia lhe dizer isso, pois ficou ainda mais encorajado. Gritou outra vez e pulou em cima de mim com o punho erguido, apontando para a minha cabeça. Naquele momento, percebi que o moleque era puro impulso e que seu cérebro era de enfeite. Não vou mentir para vocês, pensei em arrancar a sua cabeça, também não ia sentir falta dela. Mas eu não queria que minha visita começasse com o pé esquerdo. Então, o agarrei pelo cotovelo do braço com o qual ele ia me atacar, desviei seu punho para sua própria testa e ele caiu no chão. Foi muito engraçado, realmente.

— Ora, ora, Hades. O que você não se atreve a fazer comigo faz com meu filho... — soltou Zeus.

Merda, pensei. Tinha acabado de bater em meu próprio sobrinho. Bem, tecnicamente, ele tinha batido em si mesmo. Fiquei nervoso.

— Desculpe... Ele veio para cima de mim e...

Suas gargalhadas e as de Pose me interromperam.

— Tanto tempo lá embaixo e você continua sendo o mesmo. Ha, ha, ha! — disse Zeus.

— Eu acho que é ainda mais lamentável! — acrescentou Pose.

Os dois continuaram rindo por um tempo. Deméter, Héstia e Hera olharam para mim, julgando-me, como sempre. De repente, alguém correu para ajudar Ares a se levantar. Eu também não a tinha visto antes.

— Ares, querido, você está bem? — perguntou, preocupada.

Ela também tinha a pele cinza, o cabelo claro como o sol, e os olhos... Nem me lembro de que cor eles eram, porque me perdi neles assim que fiz contato visual com ela. Não estou exagerando quando lhes digo que ela era a deusa mais linda que eu já tinha visto, pelo menos até aquele momento.

— Não se empolgue, Hades! Ela está com Ares! — exclamou Deméter.

Não liguei para ela.

— Quem... quem é você? — perguntei, admirado.

Ares se levantou de um salto e se pôs na frente dela, protegendo--a, como se eu fosse atacá-la ou algo assim. Ela pôs a mão no ombro dele em sinal de calma.

— Meu... meu nome é Afrodite.

Demorei para reagir. Não conseguia parar de olhar para ela.

— Ah, sério, como vocês são exagerados. Ela nem é tão linda assim... — murmurou Hera, observando Zeus.

Ele nem se mexeu.

— Zeus? — insistiu Hera.

— Oi? Sim, sim, claro... Concordo com você — respondeu, mal olhando para ela.

Não sei o que Afrodite devia sentir sempre quando alguém a via pela primeira vez, mas o que nós sentimos... Não existe um idioma com palavras adequadas nem suficientes para explicar. Então, nem vou me dar o trabalho de tentar fazê-lo.

Hera bateu uma palma no ar e todos nós olhamos para ela. Estava um pouco irritada.

— E então? Já podemos abrir os presentes do nosso casamento? — disse.

— Casamento? — perguntei.

— Um momento, por favor! Vamos continuar agora! — exclamou Héstia.

Ela me segurou pelo braço, sem agressividade, mas com firmeza, e me afastou para um lado.

— Olhe, vou resumir para você: Zeus e Hera acabaram de se casar, Ares é filho deles e Afrodite saiu dos testículos do seu avô. Lembra que o nosso pai os cortou e os jogou fora? Pois eles caíram no mar e dali surgiu Afrodite. E outras coisas aconteceram, mas elas não vêm ao caso agora nem são da sua conta. Alguma pergunta?

Fiquei atônito. Não só tinha perdido muitas coisas, como também ninguém tinha pensado em me contar nada. Se o faziam agora, era para que eu não incomodasse. Era isso que eu era para meus irmãos e minhas irmãs, um incômodo. Por que minha avó me havia dito que eu precisava vir?

— Podemos seguir ou o Hades vai continuar enchendo o saco? — perguntou Zeus.

Héstia olhou para mim.

— Alguma pergunta? — insistiu, nervosa.

Tinha muitas, mas as engoli e abaixei a cabeça.

— Não.

Héstia sorriu aliviada e fez um gesto para Zeus, dizendo que estava tudo bem.

— Ótimo! Pronto! Que presente vamos abrir? — disse ele.

Hera correu até o maior presente de todos, embrulhado com o que pareciam ser algas marinhas.

— Este aqui! — gritou, animada.

Zeus riu e concordou. Hera começou a desembrulhar o presente com pressa.

— Quem trouxe esse presente deve estar orgulhoso. Ha, ha, ha! — comentou, olhando para Pose.

Ele negou com a cabeça. Como estava embrulhado em algas, o lógico era pensar que era do deus do mar, mas se vê que não era. Todos se entreolharam, buscando quem o havia trazido, mas ninguém se manifestou como o dono do presente. Zeus se deu conta de que alguma coisa estranha estava acontecendo.

— De quem é esse presente? — perguntou.

Todos negaram. Depois ele olhou para mim. Eu me caguei de medo.

— Vo... vo... você me viu chegar, eu não trouxe nada.

Olhou de volta para os outros e depois para Hera, que acabava de tirar as últimas algas.

— Que lindo! É um trono! — gritou ela, emocionadíssima.

Era um trono impressionante, belo, imponente. Era feito de ouro e brilhava como uma estrela, era a Afrodite de todos os tronos. Até eu senti vontade de me sentar nele, mas por sorte não fiz isso.

— Sim, sim, é muito bonito, mas não sabemos quem nos deu esse presente — disse Zeus, preocupado.

— Bom, você vai investigando, que eu espero sentada. Ha, ha, ha!

Hera se sentou e, assim que se acomodou, correntes rígidas e silenciosas surgiram de todos os lados do trono, movendo-se como serpentes. Ela continuava tão impressionada com a beleza do trono que nem se deu conta de que tinha acabado de ficar presa. Rapidamente, Zeus pulou em cima dela e tentou arrancar as correntes, mas não conseguiu. Estávamos todos paralisados. Se nem mesmo Zeus, o deus mais forte e poderoso, podia libertar Hera, quem poderia? Depois de um tempo, ela voltou a si e entrou em pânico.

— Socorro! Zeus, me ajude! Tire-me daqui! Por favor! — implorou, em lágrimas.

Zeus continuava tentando arrancar as correntes, mas não havia como. Seus braços gigantes estavam inchando e suas veias pareciam raios em uma tempestade. Ele continuou por bastante tempo até que, em certo momento, desistiu. Estávamos atônitos com o que tínhamos acabado de presenciar.

Zeus... Não... Meu amor... Alguém me ajude! — gritou desesperada, olhando para o resto.

Todos nós olhamos para baixo. Se Zeus não tinha conseguido, que chance nós tínhamos?

— Vocês não vão me ajudar? Sou sua irmã!

Aqui eu me senti um pouco aliviado: não era o único irmão com quem ninguém se importava. Hera estava em uma situação complicada, tinha que aparecer uma motivação muito grande para que pelo menos tentássemos tirá-la dali. De repente, Zeus, ainda ofegante, se levantou.

— A... aquele que... a libertar... se casará com Afrodite.

X

Zeus acabou de dizer o que tinha acabado de dizer? Pose e eu nos entreolhamos, nossos olhos estavam prestes a saltar. Mas um Ares furioso passou correndo na nossa frente e se meteu. Nós dois pulamos em cima dele e o derrubamos, impedindo-o de chegar ao trono.

— Chega! — gritou Deméter.

Paramos. Todos olhamos para ela. Ela estava furiosa.

— Zeus, você não pode obrigar Afrodite a se casar com quem você quiser. Essa é uma decisão dela.

— Deméter, cale-se... — sussurrou Héstia.

— Não vou me calar! Não acredito que você está do lado dele.

A prioridade de Héstia era a união da família, e isso significava seguir qualquer ordem do salvador daquela família, aquele que a mantinha unida: Zeus. Afrodite, que estava muito assustada, olhou para Deméter em sinal de agradecimento, e ela lhe devolveu o olhar, satisfeita por receber uma pequena amostra de cumplicidade e gratidão. Essas coisas não aconteciam o tempo todo, desafiar o deus do Olimpo tinha suas consequências. Zeus se aproximou de Deméter, caminhando devagar. Ela não recuou, estava com a cabeça erguida, convencida e segura do que tinha acabado de dizer e de como tinha se posicionado. Então Zeus lhe deu um tapa e ela caiu no chão. Afrodite gritou. Nenhum outro som saiu da boca de ninguém. Deméter tentou se levantar, mas Zeus a impediu, pisando na cabeça dela.

— Sou seu irmão e amo vocês. Amo muito todos vocês, são a minha família — disse Zeus, olhando para todos nós, sem levantar o pé da cabeça dela.

— E nós a você, irmão — respondeu Héstia, enquanto olhava com raiva para Deméter.

Ficamos petrificados. Estava claro até onde minha irmã iria para priorizar a união da família.

— Farei qualquer coisa por todos vocês, qualquer coisa. Vocês são tudo para mim — acrescentou ele.

Pose mordeu o lábio superior, segurando as lágrimas. Ele estava realmente emocionado. Eu estava enlouquecendo, e Ares... Bom, Ares estava ali, esperando ordens. Zeus estendeu os braços e este correu para abraçá lo, Héstia e Pose foram os próximos. Ele olhou de lado para Afrodite e para mim, que não sabíamos muito bem o que fazer, e fomos até lá também, obviamente, para ver quem é corajoso o suficiente para lhe negar um abraço. Não me lembro de uma situação mais surreal e incômoda do que essa. Hera imobilizada por um trono de ouro e os outros abraçando Zeus enquanto ele pisava na cabeça de Deméter.

— Então, não se esqueçam de que vocês são o que são por minha causa, devem tudo a mim... e farão o que eu disser. Sempre — sussurrou para nós, envolvendo-nos com seus braços.

— Claro que sim, pai! — gritou Ares.

— Sempre ao seu lado, *bro*! — seguiu Pose.

— Estaremos unidos. Sempre. É o que devemos fazer — disse Héstia.

— Sim, claro... — murmurou Afrodite, muito assustada.

Todos tinham respondido muito rápido, e eu não sabia o que dizer.

— É... é... claro, irmão Zeus, que... mesmo que eu esteja lá embaixo, no submundo, e estou muito bem, por sinal, é muito bom... sim... claro... se puder ajudar de alguma forma, você me diz... sem problema, claro.

Tenho vergonha de mim mesmo sempre que me lembro de como falava com meus irmãos.

— Bem — respondeu Zeus com um sorriso.

— Quem é você? — exclamou Hera.

Zeus nos afastou e tirou o pé da cabeça de Deméter, que se levantou às pressas e esfregou a mão pelo rosto para limpar a sujeira e secar as lágrimas.

— Com quem você está falando, Hera? — perguntou ele.

Hera fez um gesto com a cabeça, como se estivesse indicando algo. Olhei e, ao longe, pude ver alguém se aproximando de nós. Ia lento e andava de forma estranha, como se tivesse uma perna ruim. Ares se colocou em posição de ataque, mas Zeus o segurou pelo cangote.

— Não faça nada a menos que eu disser — sussurrou ele.

Ares assentiu. O desconhecido coxo continuou avançando até que seu rosto e seu corpo ficaram visíveis, e todos ficaram boquiabertos ao ver sua pele. Ele era um de nós, era cinza. Achei estranhíssimo que um deus aparecesse do nada e ninguém soubesse de sua existência. Alguém tinha que estar mentindo. Observei a reação de cada um, mas não vi nada estranho, todos estavam igualmente confusos. Olhei para o novo e... Minha nossa, era a coisa mais feia que tinha visto na minha vida. Ouviram-se alguns vômitos e alguns sons de nojo e, inconscientemente, todos olhamos para Afrodite para compensar a feiura que tínhamos acabado de presenciar. Suspiramos aliviados, menos ela, tadinha, que não tinha nenhum espelho naquele momento. Vocês devem pensar que estou exagerando, mas juro pela minha vida que se um humano tivesse visto aquilo, teria caído morto no mesmo instante. Se não havia palavras para descrever a beleza de Afrodite, também não havia palavras para descrever a feiura daquele... e menos mau. Só posso lhes dizer que ele tinha o cabelo escuro e cacheado e os olhos de uma cor lilás que me eram muito familiares.

— Mas o que é essa coisa, *bro*? — perguntou Pose, olhando-o de lado.

— Não faço a menor ideia — respondeu Zeus, espantado.

— Nome meu ser Hefesto, vocês não precisam se apresentar, já conheço o resto — exclamou o novo... melodicamente.

Sim. Isso foi uma rima. Hera riu.

— Desculpem-me por rir, mas é que isso é o cúmulo. Alguém pode me libertar deste trono de merda?

— De ouro — corrigiu Hefesto.

A risada de Hera parou de repente. Os olhos de Zeus soltaram faíscas.

— O que você sabe sobre este trono? — perguntou ela.

— De ouro o trono está forjado, uma merda foi o meu passado — respondeu Hefesto com outra rima.

Era possível sentir a vingança em suas palavras, alguém tinha feito algo a esse deus. Olhei para Deméter, que estava um pouco afastada, mas ainda em choque. Afrodite, Pose e Zeus estavam tão confusos quanto eu. Ares... Bem. Mas Héstia... Héstia estava estranha, não parava de olhar para Hera, que percebeu e fizeram contato visual. Héstia acenou com a cabeça indicando-lhe o coxo, Hera olhou de volta para ele e sua cara mudou. Elas ficaram se olhando enquanto faziam caretas. Aquelas duas sabiam de alguma coisa e eu era o único que estava percebendo. Então, inspirado por Hefesto, vi uma oportunidade para poder saciar um pouco a minha sede de vingança.

— Parece que Héstia e Hera conhecem o coxo! — gritei.

Uau! Que ânimo que dá isso de jogar a merda. Todos se viraram para as duas, que ficaram pálidas como uma nuvem.

— O que está dizendo, Hades? Nunca vi esse aí em toda a minha vida — respondeu Hera, tentando dissimular.

Zeus dirigiu o olhar para Héstia.

— E você?

Héstia não disse nada, acho que até parou de respirar de tão rígida que havia ficado, mas assentiu.

— Héstia, o que está fazendo?

Hera ficou muito nervosa.

— Além da dor já causada, é ainda mais doloroso que seja a tia, e não a mãe, que reconheça o filho não desejado.

Fez-se um silêncio de rachar os ouvidos. O mundo parou naquele instante. Eu me atreveria a dizer que até Cronos parou de contar. Zeus olhou para Hefesto, depois para Hera, depois mais uma vez para Hefesto e para Hera de novo.

— Isso é verdade, Hera? — perguntou Zeus, cheio de raiva.

Todos estávamos perplexos, imóveis como estátuas, segurando a respiração para que ninguém interrompesse a resposta de Hera.

— Ele é nosso filho, Zeus.

Ele levou as mãos à cabeça. De repente, os outros se deitaram de bruços no chão, até mesmo Hefesto. Estavam muito assustados.

— O que estão fazendo? — perguntei a Deméter.

Ela não respondeu, mas fez um gesto com a mão para que eu os imitasse. Então, me deitei. Bem a tempo. O chão começou a tremer como se o pior dos terremotos estivesse acontecendo. Pelo visto, era isso que acontecia sempre que Zeus e Hera discutiam. Mas, por sorte, não chegava até o submundo.

— Como você se atreve a esconder que teve um filho meu? — gritou.

— Você sempre esconde suas amantes de mim! — contra-atacou ela.

— Porque você quer matá-las, Hera! Você está louca!

— Você me deixou louca, seu bosta! Prometeu que não me trairia e sempre me trai!

Suas discussões eram espetaculares, verdadeiros festivais meteorológicos e geológicos, mas para desfrutá-los era preciso estar longe o suficiente para não sofrer as consequências e perto o suficiente para ver bem. E isso era impossível. Nuvens negras pairaram sobre nós e uma tempestade se formou.

— Onde você escondeu Hefesto durante todo esse tempo? — perguntou Zeus, fora de si.

— A sua mãe também escondeu um filho dela, você, porque ela tinha medo do seu pai...

— Mas o que você está dizendo? O meu pai queria nos comer! Eu não quero comer os meus filhos!

— E o que você teria feito se eu tivesse lhe mostrado Hefesto, hein?

Zeus olhou para Hefesto e não respondeu. A chuva que caía era como se Ponto estivesse esvaziando o mar em cima de nós.

— Isso mesmo! Eu o joguei do Monte Olimpo assim que nasceu! — acrescentou Hera.

— O quê? — gritou ele, horrorizado.

— E você nunca teria descoberto se não fosse pela traidora da Héstia.

— E como você... como você sabia disso? — Zeus perguntou a Héstia.

— Eu a vi fazer isso, de longe... Não disse nada por medo, mas me doeu muito ter que guardar esse segredo, irmão. Por favor, me perdoe.

Héstia começou a chorar e Zeus a abraçou.

— Isso mesmo, abrace-a, coitadinha, enquanto eu me fodo!

— Isso! Vá se foder! Você jogou nosso filho Olimpo abaixo!

— Ou era isso ou você não ia querer ter mais filhos comigo por medo de que saíssem como ele!

— Mas que merda de desculpa é essa? Foi por isso que você tomou a decisão de se livrar dele, é?

— Sim, porque não posso viver sem você! — gritou com todas as suas forças.

Zeus se separou de Héstia, pulou em cima de Hera e eles começaram a se beijar como se estivessem prestes a se separar para sempre. Aos poucos, o chão parou de tremer e as nuvens se dissiparam. Os outros foram se levantando, pouco a pouco, e eu os imitei.

— Neste momento, eles geralmente começam a copular — disse Deméter para mim. — Mas como ela está acorrentada... parece que não vão conseguir. Melhor assim, não é muito agradável de se ver.

— Mas você e eu podemos, Deméter... — gritou Pose, piscando para ela.

Ela abaixou a cabeça, assustada, e fingiu que não tinha ouvido nada. Achei estranha a reação da minha irmã, mas não dei importância, pensei que eles tinham acabado de ter um caso. Zeus desceu de cima de Hera, suado e muito excitado.

— Alguém tire as correntes da minha esposa! — gritou.

Hefesto se aproximou devagar, muito tranquilo, e olhou para seu pai, que estava quase hiperventilando.

— O trono de ouro foi criado por um servo para dar uma lição em sua mãe, porque eu desejo fazer parte da família se quiserem que ela seja libertada.

Ares saltou e se colocou entre os dois.

— Pai, você não pode cumprir a promessa de que ele ficará com Afrodite, entendeu? Afrodite é minha, não dele, certo? Além disso, ele não lhe pediu porque não sabe, então não diga a ele, está bem? Você me entendeu, não é? — exclamou, muito nervoso.

— Mas, Ares... Você mesmo acabou de contar para ele — respondeu Zeus.

Ele sempre foi muito, mas muito tonto, coitado.

— Quanto ao material do trono, vim buscando cobre e encontrei ouro — disse Hefesto, com um sorriso de orelha a orelha enquanto observava Afrodite.

Ares olhou para sua até então companheira, que olhava para Hefesto muito assustada. Mas, antes que ele pudesse fazer qualquer coisa, Zeus o segurou outra vez e ele parou.

— Hefesto, liberte minha esposa e cumprirei minha promessa.

Hefesto assentiu, estalou os dedos e as correntes que prendiam Hera desapareceram.

— Bem-vindo à família... filho — disse Zeus.

Sem soltar Ares, segurou o braço de Afrodite, que nem sequer tentou resistir, e a entregou a Hefesto como se ela fosse um simples objeto, diante do olhar de horror de todos os presentes. Bom, de quase todos.

— Que bom! A família está crescendo, precisamos comemorar! — exclamou Héstia, eufórica.

Se não fosse pela minha avó, eu teria perdido esse incrível acontecimento. Em um dado momento, percebi que Zeus estava me encarando. Com cuidado, devolvi o olhar e ele fez um gesto sutil com a mão para que eu me aproximasse. Obedeci, claro.

— Preciso falar com você, siga-me.

9

Eu estava nervoso pra caramba, morrendo de medo. Não sabia sobre o que ele queria falar comigo, mas estava cada vez mais certo de que ia me pedir para voltar ao Olimpo. Nós nos afastamos do resto e ele me levou até onde ficava seu trono.

— Este não está encantado, né? — perguntei, brincando.

Ele não achou graça. O trono era grandioso, de ouro maciço, com umas bordas de linhas e espirais quadradas. Em cada apoio de braço havia uma bola, também de ouro, e reparei que uma delas estava rachada, provavelmente atingida em um de seus acessos de raiva. Tinha cara de ser superdesconfortável. Meu irmão se sentou com as pernas abertas, completamente esparramado, soltou um pum que soou como um trovão e suspirou. Eu fiquei na frente dele, de pé, não havia outro lugar para sentar.

— Você não sente que a vida deixa de fazer sentido? — perguntou, sem mais nem menos.

Não esperava que ele me dissesse isso. Estava segurando a respiração para não sentir o cheiro do seu peido divino e, de surpresa, o engoli inteiro.

— Como?

— Não sei você, mas eu passo o dia comendo, dormindo e transando. Nessa ordem.

Eu não ia responder, mas parecia que meu irmão estava se abrindo comigo.

— Bem, se é para ser sincero... Quando cheguei ao submundo, como me sentia deslocado e sozinho, passei não sei quanto tempo jogado no chão e chorando sem parar.

Zeus começou a rir alto. Eu não devia ter sido sincero, é isso que ganho por ser um tonto.

— Mas isso é lamentável, Hades. Ha, ha, ha!

Por um momento, passou pela minha cabeça lhe dizer que era piada, mas duvido que acreditasse, então não o fiz. Provavelmente, uma das melhores decisões que tomei na vida.

— Tá, e o que mais? — perguntei para desviar o assunto.

— Olhe, não importa se você também sente isso ou não, a questão é que estou entediado e, principalmente, me sinto pouco querido.

— Mas você tem a Hera, que lhe ama muito, e o resto da família, e...

— Não quero vocês! Quero novos seres! — gritou, frustrado.

Deu um murro na bola rachada do apoio de braço e a partiu pela metade. Os dois pedaços caíram no chão, fazendo um barulho ensurdecedor. De novo, eu não disse nada.

— Quero seres que se pareçam fisicamente conosco, mas que não tenham os poderes, o conhecimento nem a sabedoria que nós temos. E que sejam fracos, muito fracos, tão fracos que um simples golpe na cabeça possa acabar com a vida deles. Mas que amem viver. E que tenham medo, muito medo, entende?

Assenti. Embora não soubesse aonde ele queria chegar.

— Que realmente tenham pânico de perder a vida. Não porque será extraordinária, embora seja para nós, mas por causa do que pode acontecer com eles quando a perderem, o que encontrarão quando morrer. E é aí que você entra, Hades.

Fiquei ainda mais nervoso.

— Eu? O quê? Como?

— Esses seres, quando morrerem, precisarão de um lugar para ir. O submundo é o lugar perfeito.

Fiquei em choque. Não só não queria que eu voltasse ao Olimpo, como também queria encher minha nova casa com o lixo dele. Sem mais nem menos. Ele tinha ficado completamente louco. Naquele momento, comecei a hiperventilar da angústia e da ansiedade que me deu ao imaginar o submundo cheio.

— Mas o que foi, Hades? Você disse que se sentia sozinho, essa é uma boa solução. Além do mais, saiba que seremos muito queridos por esses seres. Principalmente você e eu.

— Ah, é?

Zeus assentiu. Isso me acalmou um pouco e pude recuperar o controle da minha respiração.

— O que... O que você quer dizer? — perguntei.

— Vão me amar porque serei eu quem lhes dará a vida. E a você porque...

— Porque... eu poderei tirá-la? — interrompi.

— Isso.

— Mas então não vão gostar de mim, vão ter medo.

Ele deu de ombros.

— Que diferença isso faz?

Para ele, isso não fazia diferença alguma, pois na vida nunca tinha conhecido nada parecido com o amor. Suas bases para administrar o mundo eram o medo e o sexo. E eu, no momento, não tinha nenhuma oferta melhor para me sentir valorizado. Então, aceitei. A verdade é que estava contente, meu irmão me havia feito sentir necessário. O que estou dizendo, necessário? Vital! Ou melhor, mortal. O destino de seus novos brinquedos. O seu destino. Sim, estou falando de vocês. Assim, voltei ao submundo para preparar a chegada das primeiras mortes desses novos seres, os humanos.

10

A CAMINHO DO SUBMUNDO, A PRESSÃO DA TERRA AINDA ESPREMIA as minhas ideias, então não consegui pensar muito. Assim que aterrissei, fiz uma exploração visual de todo o meu reino e de todos os lugares que minha avó ainda não tinha me mostrado. Tinha muito trabalho pela frente, mas estava motivadíssimo. Na verdade, estava tão concentrado em observar o distante que não percebi que, bem na minha frente, na margem do Estige, em um barco imundo, havia um homem velho, calvo, com uma barba grisalha muito suja e despenteada, vestido com uma túnica cinza que em algum momento já tinha sido branca. Tinha um nariz aquilino torto como um escorregador de mucos, orelhas grandes e olhos vermelhos que lembravam uma conjuntivite crônica, com os quais me encarava. Gritei de susto.

— O quê? — ele me perguntou, apontando para a orelha.

Estava mais surdo do que uma pedra. Tive o impulso de repetir o grito, mas teria sido muito estranho.

— Posso saber quem você é? — perguntei.

— Sr. Hades, você está muito longe e eu não consigo escutá-lo bem...

Ele tinha me chamado de "sr. Hades"? Tinha me chamado de "sr. Hades". Ele tinha uma maneira muito peculiar de falar, tinha dificuldade para pronunciar os erres e os esses, e também não se esforçava para fazer isso, mas dava para entendê-lo perfeitamente. Eu me aproximei dele.

— Quem é você?

— Oh, sr. Hades, é um prazer me apresentar. Meu nome é Caronte, e é uma honra servi-lo com a minha irmã — respondeu, apontando para suas costas.

Olhei, mas não vi ninguém.

— Sua irmã?

— O rio Estige, sr. Hades. Ele é a minha irmã.

— Sério?

Deixei escapar uma risada, achei engraçado que a irmã dele fosse um rio, não era algo estranho, mas achei engraçado.

— Sério, sr. Hades, jamais ousaria mentir para o senhor — disse, tentando dissimular seu desconforto.

— E posso saber, Carnote...?

— Caronte, senhor.

Fiquei pensando se devia castigá-lo por se atrever a me corrigir. Quero dizer, de fora, teria parecido demais, mas eu era seu senhor agora, era seu dono, era seu... seu Zeus. Às vezes pensava em agir como tal, mas deixava para lá porque não me saía, eu não era assim, tinha que aprender. Engoli saliva e voltei.

— Posso saber, Caronte, quem é o pai e a mãe de vocês, para terem vindo parar aqui, servindo a mim?

O barqueiro deixou escapar um sorrisinho, foi muito sutil, mas eu o vi. Cravou o remo no chão e se apoiou nele como se fosse um cajado.

— Somos filhos de Érebo e Nix, sr. Hades.

Eu me assustei, e acho que deu para ver na minha cara. Vocês podem achar que nós, deuses, éramos os mais poderosos naquela época, e, sim, do ponto de vista hierárquico, sim, mas Érebo e Nix eram descendentes diretos de Caos, como Gaia, minha avó. Eles eram os *originals,* ninguém se atrevia a se meter com eles, nem mesmo o próprio Zeus, por mais que ele fosse um deus do Olimpo. Érebo era... Bem, é a escuridão e as sombras, e Nix, a noite. São o corredor da sua casa quando você acorda de madrugada para ir ao banheiro, são a cadeira do seu quarto cheia da roupa que você não guarda, são todos e cada um dos espaços que você não pode ver. Érebo e Nix são onipresentes. E muitos de seus descendentes eram as coisas mais sombrias e apavorantes que vocês podem imaginar.

— Desde quando você está no submundo? Não vi você aqui antes — perguntei.

— Bem... A verdade é que eu não sei — respondeu, franzindo a testa, como se estivesse fazendo um esforço para lembrar.

— Como não sabe?

— Não sei, sr. Hades, não me lembro. Simplesmente estou aqui... e é isso.

Eu acreditei e continuo acreditando que ele não se lembrasse. Mas voltei a pensar em tudo o que Zeus tinha me contado e me iluminei, vi um motivo possível e óbvio para a sua presença em meu reino.

— Quantos cabem no seu barco, Caronte?

Ele me olhou de forma estranha, então repeti gritando. Assentiu ao me entender, e olhou para o barco durante alguns longos segundos.

— Eu e mais um, senhor.

— Só mais um?

Olhou de novo para o barco durante alguns segundos, olhou para mim e assentiu.

— Bom, se só cabe mais um, será por um motivo... — murmurei.

— Quer subir, sr. Hades?

Hesitei, fiquei com um pouquinho de nojo; o estado do barco, se é que se podia chamá-lo assim, era bastante lamentável. Mas se quisesse levar a cabo minha ideia, teria que tentar.

— Sim, abra espaço para mim.

Caronte aproximou o barco da margem, foi mais para trás e eu subi na frente. O barco balançou um pouco, nada demais.

— Sente-se, sr. Hades — disse o barqueiro, dando-me um banquinho ridículo de pequeno.

Dei risada, ele não. Estava falando sério. Mas eu, como senhor do submundo, não podia me sentar ali, era humilhante.

— Não — respondi, orgulhoso.

Caronte ergueu os ombros, meteu o remo na água e virou o barco com tanta força que eu caí de cabeça no rio Estige quase sem perceber.

— Mas o que está fazendo? — gritei, enquanto tentava voltar para o barco.

— Desculpe-me, sr. Hades, é melhor o senhor se sentar, eu já lhe disse.

Subi, me sentei e olhei para ele fixamente por um tempo. Talvez tenham sido minutos, não me lembro, nem sequer pisquei, queria ver se ele ria. Não sei se ele se conteve ou o quê, mas não evocou nem uma tentativa de sorriso. Tudo bem. Tive muito medo de que perdesse o respeito por mim por causa estupidez. Eu me agachei para me sentar no banquinho e Caronte gritou.

— O que foi isso? — perguntei.

— Na-nada, desculpe... Foi um espirro.

Não foi um espirro. Acho, de verdade, que ele aproveitou que eu tinha desviado o olhar para soltar uma gargalhada, não tenho provas nem dúvidas, mas agi como se não tivesse acontecido nada. Admirei sua capacidade de dissimular. Então me sentei naquele banquinho ridículo e começamos a travessia.

11

CARONTE QUASE NÃO REMAVA, ERA SUA IRMÃ, O RIO ESTIGE, quem nos levava. Rodeamos a ilha onde estive com minha avó e paramos em frente às cavernas de Cérbero e Hidra. Pensei em ir vê-los, mas não era o momento, tinha trabalho a fazer, talvez mais tarde.

— Esquerda ou direita, sr. Hades? — perguntou, apontando para os dois cursos do rio.

— Tanto faz.

Caronte olhou para o rio e a corrente começou a nos levar para a esquerda.

— Parece que Estige já decidiu por nós — murmurei.

À nossa direita, tínhamos a margem com as cavernas, que deixamos para trás, e um campo com flores brancas, que apareceu praticamente do nada. Era um contraste doloroso. Estavam logo depois das cavernas e a combinação era horrível, não sei quem tinha projetado aquilo, mas espero que enxergasse em preto e branco, porque senão era um baita criminoso. Cavernas cinza de pedra com uma atmosfera sombria e um campo muito bem cuidado com flores brancas que o iluminavam. Não se podia olhar para os dois lugares ao mesmo tempo sem perder a sanidade.

— Que flores são essas?

Assim que perguntei, o barquinho se virou para a margem.

— Chamam-se asfódelos, sr. Hades — respondeu Caronte, esticando o braço na direção de uma delas.

Ele a arrancou, a aproximou da boca e comeu uma das pequenas bolinhas que emergiam como pêndulos do interior da flor, por cima das pétalas. Olhei para ele, surpreso. Ele soltou um pequeno gemido, desfrutando do seu sabor, e me ofereceu para que eu a provasse. Hesitei, mas aceitei; se este é meu reino, tenho que conhecê-lo bem.

— Não tem gosto... de nada — disse, enquanto mastigava.

Caronte sorriu.

— O sabor aparece quando não há nada para comer, sr. Hades.

Isso me fez pensar. Era um campo muito grande, talvez grande o suficiente para colocar todos os seres que Zeus queria criar.

— Ah... Este poderia ser o lugar...

— O lugar para quê, sr. Hades?

— Para guardar algumas coisas para meu irmão Zeus.

— Que coisas, sr. Hades? — ele me interrompeu, intrigado.

Contei-lhe tudo o que Zeus me havia dito, e ele ficou me escutando com a boca aberta, sem sequer piscar. Estige também estava atenta, tanto que o rio congelou até eu terminar. Caronte, antes de dizer qualquer coisa, olhou para baixo, para sua irmã. Depois olhou para mim de novo.

— Estige diz que há mais lugares que o senhor deve ver antes de tomar uma decisão.

— Ugh... Quantos? — perguntei, muito angustiado.

Caronte franziu a testa.

— Está com pressa de tomar a decisão, sr. Hades?

— Olhe, Caronte, eu sempre tenho pressa para tomar decisões, não gosto disso, estou lhe dizendo isso porque, se vamos conviver, você já pode ir anotando aí.

Fui um pouco mal-educado, eu sei, mas é que a angústia que sinto quando tenho que decidir alguma coisa me destrói por completo. Sim, eu sei que é o meu trabalho porque é o meu reino, por isso mesmo não queria ficar sozinho. Cale-se.

— Entendo, sr. Hades. Que tal permanecer com a decisão de mantê-los no Campo de Asfódelos e irmos ver os outros lugares sem compromisso? Só por ver, mais nada — disse Caronte, em um tom digno de ASMR.

Eu corei. Percebi que o barqueiro podia me entender muito bem, que era exatamente o que eu precisava. Reconheço que, se não fosse porque era um velho bem decadente e um pouco nojento, poderia ter surgido algo entre nós. Mas, por sorte, não foi assim, *shippar* teria sido catastrófico: "Caronthades", "Hadesonte"... Que péssima combinação.

— Boa ideia — concordei.

Em seguida, Estige retomou o rumo e deixamos aquele campo para trás. Estávamos nos dirigindo ao rio de fogo de que minha avó tinha me falado, o Flegetonte. Passamos junto ao rio Cócito, o das lamentações. Era muito impressionante ver como Estige e Cócito estavam bem ao lado e não se misturavam uma única gota de água sequer. Dava para distinguir perfeitamente um rio do outro, como se existisse uma barreira invisível. Chegamos ao final da irmã de Caronte, onde cruzava o rio do fogo.

— Agora temos que seguir a remo, sr. Hades — disse Caronte, enfiando o remo na água.

Um dos meus problemas sempre foi não pensar duas vezes antes de perguntar, mas olhei para o barco e depois para o rio em que íamos nos meter e não pude evitar.

— O barco não vai queimar?

Caronte deu de novo aquele gritinho do espirro, mas desta vez vi a cara dele e, como era de se esperar, não era um espirro, tinha sido uma risada. O rio Estige fez bolhas do tamanho de melancias, ele também estava rindo de mim. O barqueiro engoliu o resto das gargalhadas que ia soltar, com a esperança de que eu não tivesse percebido, por isso continuei com o jogo dele e me fiz de desentendido. Eu também me beneficiava de não ter percebido, não sabia como castigá-los porque precisava deles do meu lado, mas também não queria que pensassem que eu era um deus inseguro e fraco... Bem, que baita confusão eu tinha na minha cabeça. Que estresse.

— Não, sr. Hades, meu barquinho pode navegar por todos os rios do submundo, foi feito para isso.

Continuo pensando que a minha pergunta não foi tão estúpida assim, por mais que tenham rido de mim. O barqueiro deu algumas longas remadas, e chegamos ao rio Flegetonte. Então, nos dirigimos à direita.

12

Se eu fosse cego, não teria percebido que estávamos navegando em um rio em chamas. Não liberava qualquer calor, só era mais brilhante e pronto, pelo menos para nós, claro. Do lado esquerdo, aparecia uma montanha gigante, muito íngreme e sem nem um milímetro de vegetação, nem um triste pedaço de grama, era uma montanha calva. E não era só isso, estava dividida pela metade, era um sanduíche, mas não parecia ter nada lá dentro, só luzes flamejantes.

— Que lugar é este? — perguntei ao barqueiro em voz baixa, como se alguém pudesse nos ouvir.

— É o Tártaro, sr. Hades.

O Tártaro? O rolo da minha avó, do qual nasceram Hidra e Cérbero.

— Pare aí, quero dar uma olhada — ordenei.

Caronte olhou para mim como se não fosse uma boa ideia.

— Algum problema?

— Tente não chegar muito perto, sr. Hades.

Chegar perto? De onde? Não lhe perguntei. Ele me fazia sentir como se fosse o dono do submundo e eu, um simples turista inconsequente. Ele aproximou o barco da margem, bem em frente da divisão da montanha. Eu me levantei devagar e desci do barco. Não lhe disse nada. À medida que me aproximava da montanha, o corte parecia cada vez mais profundo e as luzes, mais visíveis. Era um abismo. Estava a dois metros dele e continuava sem ver o fundo, mas queria vê-lo. Por isso, fui me aproximando cada vez mais. Avancei um metro, a luz era mais forte, mas não o via. Avancei mais meio metro, já estava quase lá, dava para ver algo, como umas chamas, mas só a pontinha. *Que se dane,* pensei. Dei outro passo e fiquei na beira.

Ali já se via tudo, eram pedras cobertas com fogo, parecia a base de uma chaminé. Olhei em volta e encontrei vários olhos amarelos que me observavam com ódio. Levei um susto tão grande que perdi o equilíbrio e caí no vazio.

— Cuidado! — gritou o barqueiro.

Eu me virei na esperança de me agarrar a alguma coisa e, do nada, surgiu um remo. Agarrei-o e impedi a minha queda. Do outro lado estava Caronte, olhando para mim, muito assustado.

— Segure-se bem, sr. Hades.

Assenti, com medo. Ele me puxou para o seu lado e eu me levantei. Se não fosse por ele... Sim, já sei o que estão pensando. Sou um deus, não teria acontecido nada. Mas estão enganados. Eu não estava caindo em qualquer lugar, não estava caindo de um penhasco. Era o próprio Tártaro, e lá não adianta ser deus.

— Acho que vi os meus tios, os que Zeus não poupou... — disse, ainda um pouco em choque.

Os titãs e as titânides que meu irmão não perdoou depois da Titanomaquia foram presos aqui, no Tártaro.

— Você não sabia, sr. Hades? — perguntou Caronte.

— Sabia que tinham sido expulsos, o que eu não sabia é que ele os tinha mandado para o mesmo lugar que Urano os tinha enviado. Como pode ser tão cruel? — respondi, enquanto voltava para o barco.

Tive a sensação de que Caronte ia responder, mas guardou a resposta para si. Ainda me pergunto o que ele me teria dito.

— Ainda acho que o Campo de Asfódelos é o melhor lugar — disse, voltando ao assunto das criaturas de Zeus.

— É? E o que acha deste lugar, sr. Hades?

Olhei para ele, irritado. Que tipo de pergunta era aquela.

— O que eu acho? Que é uma merda, um castigo, uma tortura. Quem iria querer vir para cá?

— Talvez a pergunta não seja "quem iria querer", mas "quem deveria", sr. Hades.

Maldito velho enigmático, pensei. Mas ele tinha me salvado de ser engolido por Tártaro, merecia que eu lhe deixasse se explicar. Então fiz um gesto com a mão para que ele desenvolvesse sua ideia.

— Assim como o deus Zeus fez com os titãs, talvez devesse separar esses seres de acordo com o que eles fizeram em vida, sr. Hades.

Maldito velho sabichão, pensei de novo. Mas ele tinha razão. Eu não podia meter todos esses seres no mesmo lugar.

— Concordo. Os seres que forem horríveis em vida serão enviados para o Tártaro na morte. E os que não forem, para o campo das flores insípidas.

E dei o dilema por resolvido.

— Bem... — murmurou Caronte.

— Maldito velho chato!

Eu disse em voz alta. Escapou. Continuou olhando para mim como se não tivesse ouvido, mas eu sabia que isso era impossível.

— Desculpe, Caronte, me deu uma aflição... Parece que isso não termina nunca.

— Não se preocupe, sr. Hades, a pressão que está sentindo por ter que tomar conta de um reino que ainda não conhece deve ser esmagadora. Mas é por isso que estou aqui, deixe-me ajudá-lo.

Tive que morder o lábio para não começar a soluçar, mas não pude fazer nada para impedir que algumas lágrimas brotassem dos meus olhos. Ninguém nunca tinha dito algo tão bonito para mim. Eu me virei, de costas para ele, e aproveitei para secar minhas lágrimas. *Ninguém nunca tinha visto Zeus chorar, por isso também não podiam me ver chorar,* pensei.

Depois subi no barco.

— Vamos, próxima parada.

Caronte esperou que eu me sentasse e depois subiu também. Apoiou o remo na margem e voltamos a entrar na corrente do rio de fogo.

— É um prazer estar às suas ordens, sr. Hades.

Maldito velho que quer me fazer chorar.

13

Finalmente, apareceram águas que nos permitiam sair do Flegetonte. Suas chamas emitiam tanta luz que meus olhos doíam.

— Que rio é este?

— Estamos navegando pelo Lete, sr. Hades.

— Ah... Algo do "esquecimento", acho que minha avó me disse.

— É isso mesmo, sr. Hades. Quem beber destas águas esquece todo o seu passado.

Eu me virei de repente para ele.

— O que quer dizer com isso? — perguntei, um pouco exaltado.

— Isso mesmo, sr. Hades. Quem beber destas águas... se esquece de tudo.

Enquanto continuava alucinado e tentando assimilar o poder daquelas águas e o uso que eu poderia fazer delas, passamos diante de alguns campos. O contraste entre as cavernas de Cérbero e Hidra com o Campo de Asfódelos não era nada comparado com isso que meus olhos estavam vendo. Era lindo. Estava cheio de flores de todos os tipos, árvores baixas e arbustos que pareciam recém-podados, e fazia sol!

— Posso saber de onde vem esta luz? — perguntei, olhando em volta, procurando alguma lanterna gigante.

— Não vem de lugar nenhum, sr. Hades, é simplesmente assim.

Fiquei incomodado por não haver nada visível que evocasse aquela luz, então tive que me resignar. Caronte parou na margem e nós descemos. Passeamos por aquele lugar um bom tempo, em silêncio, porque não havia necessidade de falar nada, não queria falar nada, só queria observar cada flor, cada árvore, cada fruto, e, aliás, estava cheio e havia de tudo. Laranjas, melancias, cerejas, kiwis, cocos, uvas, abacaxis, peras, melões, pêssegos, damascos, maçãs, bananas, mamões, mangas... Também havia romãs. Experimentei uma, estava deliciosa. Era o tipo de lugar onde qualquer um desejaria passar o resto da eternidade.

— Caronte, diga-me, por favor, que não há outro lugar desses que você queira me mostrar.

— Não há nenhum outro, sr. Hades.

— Tome! — exclamei, eufórico.

Caronte sorriu.

— Já sei como distribuir os seres de Zeus. Veja o que acha. Os que foram horríveis com os outros seres, ou fizeram coisas ruins, perversas, ou ousaram desrespeitar os deuses... esses vão para o Tártaro até o pescoço.

Eu estava nervoso e gesticulava muito. Caronte concordou tranquilamente e respirou algumas vezes, o que, para ser sincero, me acalmou bastante.

— Os que foram espetaculares, supersimpáticos, pura bondade, generosidade, daqueles que você diz "Uau, que ser maravilhoso, quero tomar um *shot* de ambrosia com ele"... aqui, para este campo cheio de frutos maravilhosos.

Caronte concordou de novo.

— E os que não foram muito, muito maus, mas também não foram muito, muito bons, aqueles que só existiram e pronto, como quem vê uma penugem levada pelo vento... os colocamos no Campo de Asfódelos, para comerem flores insípidas. E aí? O que acha, barqueiro?

Olhei para ele superempolgado por ter terminado, de uma vez por todas, a missão que Zeus tinha me dado. Mas Caronte não parecia tão entusiasmado.

— Acho uma ideia fantástica, sr. Hades.

— Mas...

— Não há nenhum "mas", sr. Hades, só tenho uma pergunta.

— Dá no mesmo.

— Em que vai se basear para decidir se alguém é muito mau, muito bom ou nem um nem outro, sr. Hades?

Maldito velho perguntador. Mas era uma boa pergunta. Se um ser faz mal a outro ser, mas este lhe fez mal antes, quem é o mau da fita?

O primeiro ou os dois? O segundo não deve se vingar? A vingança é algo tão ruim como fazer o mal deliberadamente? E se a vingança fizer com que o primeiro nunca volte a fazer mal a ninguém, isso converte o segundo em alguém muito bom? Pode ser perdoado? Se alguém faz coisas horríveis porque sofreu coisas horríveis, a culpa é de quem fez coisas horríveis ou de ambos? E se o que fez coisas horríveis teve alguém que também lhe fez coisas horríveis, e aí? Dá para ir puxando o fio e corremos o risco de chegar à conclusão de que ninguém tem culpa de nada e que todos somos vítimas, mas essa é a falsa empatia que aparece quando você não foi ingerido pelo seu próprio pai logo depois de nascer. Eu ia responder a Caronte, mas o som de um trovão me interrompeu. Fez um barulho terrível, atravessou todo o submundo e emitiu uma luz ofuscante. Caronte e eu nos jogamos no chão, tapando os olhos e os ouvidos.

— Vai ser com base no que eu bem entender! Ha, ha, ha! — gritou alguém.

Eu me levantei de um salto. Evidentemente, era Zeus.

14

— Não é preciso fazer esse numerinho todo para vir aqui embaixo — disse para ele.

— Ora, ora... Desde que conseguiu o submundo, você está ficando muito metido, hein?

Ele se aproximou de mim e me deu dois tapinhas no ombro, depois olhou para Caronte.

— Você é o filho de Érebo? — perguntou.

Caronte se levantou.

— E de Nix, deus do Olimpo.

Zeus o olhou de cima a baixo com desprezo, mas também não tanto, dava para notar que a ascendência do barqueiro lhe impunha respeito ou até medo, me atreveria a dizer. Voltou seus olhos para mim.

— Gostei de como organizou o submundo, irmão, mas isso de decidir o que está certo e o que está errado, deixe comigo.

E me deu outro tapinha no ombro.

— Não se esqueça de quem te pôs aqui — acrescentou.

Eu não disse nada, não me atrevi. Ele fez menção de ir embora, mas Caronte tinha uma pergunta, bom, tinha "a pergunta".

— Desculpe, deus Zeus, como vai a criação desses seres?

Meu irmão sorriu satisfeito.

— Fico feliz que tenha me perguntado, velho, já que meu irmão não parece estar interessado.

E me deu outro tapinha. Eu não tinha pensado em lhe perguntar nada, só queria que fosse embora antes que me deslocasse o ombro.

— Ia agora mesmo ver o resultado de Prometeu com minha filha Atena — explicou.

— Como assim, Prometeu? O titã adiantado? O que mais você disse? Ate... o quê? — perguntei, muito confuso.

Não pude deixar de perguntar, estava muito frustrado por não estar em dia.

— Às vezes esqueço que no submundo vocês não ficam sabendo de nada. Ha, ha, ha! — exclamou Zeus, estendendo o braço direito.

Afastei o ombro, mas ele deu um tapinha no outro.

— Bem, Prometeu, o filho do idiota do Jápeto, ficou encarregado de criar meus seres. Eu lhe ofereci e ele aceitou, estava muito animado.

— E por que ofereceu isso a ele? — perguntei, rápido demais.

Acho que soei um pouco enciumado. Zeus riu por baixo do nariz.

— Queria que eu oferecesse a você?

Eu ri como se fosse a maior bobagem do mundo. Mas não teria sido ruim, na verdade.

— Ofereci a Prometeu porque, antes de mais nada, eu não ia fazer isso. Não tenho tempo para essas coisas e também não tinha vontade. Além do mais, Prometeu sempre foi muito criativo, com visão de futuro e, acima de tudo, um grande amigo. Sinceramente, não existe ninguém em quem eu confie mais do que naquele craque. Eu o considero um irmão e confio nele. Ficou claro?

Aquela última parte soou um pouco agressiva.

— Sim, sim, com certeza, ficou muito claro, muito claro, sim... — respondi, assustado.

Caronte, como se a coisa não fosse com ele, porque não era com ele, levantou a mão.

— Você quer... alguma coisa? — perguntou Zeus, confuso.

— Sim, obrigado, deus Zeus. Antes você também tinha falado de uma tal Atama, quem é ela?

— Atena.

— Perdão, deus Zeus.

— É minha filha.

— Ah, que bom, uma menina! Parabéns! Dê meus cumprimentos a Hera! — exclamei.

— Felicidades, deus Zeus — disse também o barqueiro.

Zeus desatou a rir. Caronte e eu ficamos em silêncio, era muito estranho, não tínhamos dito nada de engraçado. Meu irmão diminuiu as gargalhadas e abaixou a cabeça. Afastou uma mecha de cabelo e revelou uma cicatriz gigantesca.

Fiquei boquiaberto.

— O que aconteceu?

— Lembra-se de Métis, a titânide?

— Sim, claro...

— Bem... Eu sempre gostei dela.

Ai, minha nossa, pensei.

— Desde que foi minha tutora em Creta, quando eu ainda não tinha libertado vocês do estômago do nosso pai, eu já tinha vontade de transar com ela.

Quero lhes avisar que a linguagem sexual do meu irmão Zeus sempre foi muito mais nojenta e desrespeitosa do que eu estou transcrevendo.

— Enfim, tivemos nossa noite de paixão e Métis ficou prenha — acrescentou com um sorriso.

Foi uma violação. Zeus não costumava fazer sexo consensual.

— E foi aí que nasceu Atena? — perguntei.

— Sim.

— Ah... Tá bom. Mas não entendo o que isso tem a ver com a cicatriz na sua cabeça.

Zeus riu de novo. Fiquei em silêncio porque me sentia um tonto tentando arrancar as palavras da boca dele.

— Soube que uma das titânides, Febe, profetizou que a filha de Métis teria filhos que seriam mais fortes do que eu...

Soltou mais algumas gargalhadas. Olhou com expectativa, esperando para ver se eu ligava os pontos. Mas eu só queria que ele acabasse logo com aquilo, porque estava começando a ficar entediado com tanto *hype.*

— ... por isso eu comi a Métis — concluiu.

— O quê?! — gritei.

Olhei para Caronte tentando buscar cumplicidade, mas ele estava com sua cara de pôquer habitual, escondendo o que sentia de verdade. Zeus riu outra vez.

— O engraçado foi que Métis, em vez de ir para o meu estômago, se meteu na minha cabeça e pariu ali dentro. E Hefesto teve que a abrir para tirar nossa filha de lá! Ha, ha, ha!

Eu não podia acreditar. Maldito louco desgraçado. Tive que lhe dizer o que pensava.

— Ou seja, você fez o mesmo que nosso pai fez conosco.

A cara de Zeus mudou. Aquilo já não lhe pareceu tão engraçado.

— Cale-se, Métis! — gritou meu irmão, virando a cabeça.

Virou os olhos para mim. Eu estava muito assustado, ele tinha acabado de falar com Métis, mas não tinha ninguém ali. Será que meu irmão estava delirando?

— Métis não foi retirada, ela ficou no meu ouvido. Ainda estou aprendendo a não escutar o que ela diz.

— Ah... tá, tá — respondi, aliviado.

Sem dizer mais nada, foi embora como tinha chegado, jogando-nos no chão. Podia aparecer onde quisesse sem fazer o mínimo ruído, e se fazia assim era para se fazer notar, para nos lembrar quem é que mandava. Que idiota... Não nos contou o que a titânide tinha dito, mas aposto o meu olho que foi o mesmo que eu. O problema é que Zeus não era como nosso pai, era pior! Assim como nosso pai foi pior do que o dele. Como é que Zeus ia criar regras para decidir se os novos seres tinham sido bons ou ruins quando nem ele conseguia distinguir uma coisa da outra? *Isso ia ser um autêntico caos,* pensei. Ainda que, bem, ele próprio tivesse dito que ia fazer o que quisesse. Era preciso se preparar, estavam chegando tempos difíceis.

15

O dia seguinte à visita de Zeus não foi menos surreal. Eu estava sozinho, deitado naquele campo maravilhoso das frutas... Ou seja, na grama dos Campos Elísios, mas que ainda não se chamava assim. E adormeci observando uma linda maçã pendurada em uma das árvores. Era muito fácil adormecer no submundo pré-humano, a tranquilidade que se respirava podia ser gravada e subida ao YouTube como um vídeo de ASMR. E, sim, esta é a segunda referência que faço ao ASMR, eu sei, é que gosto muito, preciso. Enfim, eu estava dormindo tranquilamente, sem nada nem ninguém para me incomodar. Por isso, imaginem o susto que levei quando acordei e encontrei três senhoras com presas, serpentes enroladas no cabelo e asas gigantescas olhando para mim fixamente com uns olhos mais vermelhos do que o sangue. Bem, na verdade, era sangue, caiu uma gota na minha testa. Vou ser muito sincero com vocês: gritei um pouco. Foi um grito que não durou mais de cinco segundos. Por mais que Cronos diga que foram quinze, está mentindo. Mas eu não pulei nem fugi apavorado. Consegui me conter e, pouco a pouco, me levantei. As três senhoras se afastaram à medida que eu ia me levantando, mas não me deixaram muito espaço de manobra, estavam a menos de um metro de distância com os olhos cravados em mim. Não piscavam, provavelmente por isso seus olhos estavam tão horríveis assim.

— Que...?

Desafinei. Engoli saliva e tentei outra vez. Estava supernervoso.

— Quem são vocês?

De repente, as três senhoras começaram a rir. Eu não estava esperando, elas deixaram de me dar tanto medo durante aqueles instantes. Sem parar de rir, puseram-se em fila, uma atrás da outra.

— Alecto! — gritou a primeira.

Foi para um lado e deu lugar para a de trás.

— Megera! — gritou a segunda.

E saltou para o outro lado.

— Tisífone! — gritou a terceira.

— E juntas somos... as Erínias! — gritaram as três quase em uníssono.

Voltaram a rir. Eu não, por via das dúvidas.

— Eu sou Hades...

— Nós sabemos — Alecto me interrompeu.

— O deus do submundo — acrescentou Megera, rodeando-me e observando-me de cima a baixo.

— Nós também somos deusas — exclamou Tisífone.

Eu me surpreendi, não estava esperando. O que é que elas estavam fazendo aqui? Quem as tinha enviado? Zeus?

— Foi meu irmão que enviou vocês, não foi?

Desataram a rir outra vez. Estava começando a ficar chato isso de rirem de tudo.

— Nós já existíamos antes de você e de todos os seus irmãos — disse Alecto.

— O que você quer dizer com isso?

— Alguma vez já lhe contaram o que aconteceu com seu avô Urano? — perguntou Megera, aproximando-se de mim.

Megera me deixava muito desconfortável. Eu ia responder, mas elas se adiantaram.

— Claro que ele sabe, mulher. Por que não ia saber? — exclamou Tisífone em um tom sutil de escárnio.

Megera a olhou de lado com cara de nojo, deixando cair algumas gotinhas de sangue sobre um lindo arbusto. Estavam estragando a minha casa. Ela virou seus olhos para mim e colocou suas duas garras a poucos centímetros da minha virilha.

— Nós nascemos do sangue dos testículos do seu avô — sussurrou.

Quando ela me disse aquilo, os meus se encolheram ainda mais. Meu pai, Cronos, ao cortar os ovos de meu avô, tinha provocado o nascimento dessas três... Erínias. E elas não eram os únicos seres que tinham saído dali.

— Não obedecemos a Zeus, querido — acrescentou Tisífone.

— Mas você também não — disse Alecto em seguida.

Finalmente, Megera retrocedeu e pude respirar tranquilo de novo. Não sabia se elas eram uma ameaça, se agora, de repente, a era dos deuses ia acabar, também não sabia o que ia acontecer ou o que tinha acontecido. Lembrem-se de que eu vivia completamente alheio ao que se passava na superfície, e a última coisa de que sabia era o que Zeus tinha me contado sobre Prometeu e seus seres. Então, decidi perguntar de novo.

— Certo. Mas, então... o que estão fazendo aqui?

Demoraram para responder. Revisei o que tinha dito e como o tinha dito uma centena de vezes durante aquele silêncio eterno, para o caso de ter soado impertinente ou mal-educado. As três Erínias se olharam de lado e tanto Megera quanto Tisífone fizeram um gesto com a cabeça para Alecto, que assentiu e deu um passo na minha direção.

— Vou ser clara e concisa.

Até que enfim, pensei.

— Não confiamos nem um pouco na moralidade de Zeus.

Já somos dois. Bem, quatro. Bem, cinco, se eu contar com Caronte.

— Sabemos que você fez uma distribuição do submundo que consideramos correta, mas não acreditamos que todos os seres de Zeus acabarão indo para onde devem ir. Por isso, vamos fazer com que, ao menos, aqueles que cometerem alguns dos seguintes crimes sejam castigados em vida.

As três Erínias, de forma coreografada, e por trás de suas asas, sacaram cada uma um punhal e um chicote brilhante de ferro. Aquilo foi tão coordenado que um pouco mais e eu as aplaudo. Se antes já me davam medo, agora me davam pânico. Alecto se virou para Megera e esta deu um passo à frente.

— Se algum desses seres se casar com outro deles, é melhor certificarem-se de que é o correto, porque senão... — disse, apertando os punhos.

— Pobre do que se atrever a cometer qualquer tipo de infidelidade, não há onde se esconder de mim — concluiu Megera, com uma ira real nos seus olhos ensanguentados.

Ela deu uma chicotada em direção ao céu que me fez abaixar. Ela o enrolou com uma destreza invejável e olhou para sua irmã Tisífone, que também se adiantou.

— A família é sagrada. Não há desculpa nem justificativa alguma para tirar a vida de alguém que partilha do mesmo sangue. E o desgraçado que se atrever a fazer isso sofrerá eternamente.

Eu me abaixei de novo, mas Tisífone não usou o chicote. As duas voltaram a olhar para Alecto. Era a vez dela, mas ela não se moveu. Ficou onde estava, como se a tivessem cravado ao chão. Esperei com expectativa, para ver o que ela ia dizer.

— O que você mais odeia em Zeus?

Eu não esperava aquela pergunta.

— Desculpa?

Alecto não repetiu a pergunta. Sabia que eu a tinha escutado perfeitamente e não estava disposta a fazê-la de novo. Limpei a garganta. Não ia me livrar dela, tinha que responder. E tenho que admitir que me sentia em um espaço seguro para fazer isso.

— Sua soberba.

Alecto sorriu.

— Bem, é disso que eu vou cuidar, Hades. Não haverá nenhuma criação de Zeus que possa agir com a soberba, a arrogância e a ira com que seu irmão se comporta. Irei atrás de todos aqueles que se atreverem a fazer isso, assim como minhas irmãs irão atrás daqueles que traem em seus casamentos e daqueles que assassinam seus familiares. Já temos o suficiente com os deuses. Não vamos permitir que haja mais como eles — concluiu Alecto.

O mais engraçado é que Zeus concordava completamente com o discurso das Erínias, porque ele também não queria que os humanos se comportassem como ele. Era um privilégio que não estava disposto a partilhar com ninguém. Aceitei de bom grado a vontade das Erínias, também não tinha outra opção, mas levando em conta o pouco que confiava nos valores que meu irmão dizia ter, era uma boa ideia estar do lado delas. Elas abriram suas enormes e tenebrosas asas e voaram para longe. Parecia que, afinal, nem tudo ia ser tão complicado assim... Ou pelo menos era o que eu pensava.

16

A verdade é que eu estava empolgado com a chegada do primeiro morto. Eu me perguntava como iria morrer, se teria sido muito bom ou muito ruim em vida... Mas não parava de me lembrar do que meu irmão me disse quando me explicou seu plano para criar esses seres. Disse que iriam amá-lo por lhes dar a vida e temer-me por tirá-la. Por quê? Que tipo de vida iriam ter para odiarem o submundo? O único lugar horrível do meu reino era o Tártaro, e se você acabasse lá era porque merecia. Em teoria, é claro. Ou seja, no meu reino tinha um campo coberto de uma grama linda, arbustos e árvores maravilhosas, com frutas deliciosas e o rio Lete logo ali, para que você tomasse um gole e esquecesse todas as lembranças que preencheram sua vida. Não sejam dramáticos, a única coisa ruim de esquecer é se você fizer isso rodeado das pessoas de suas lembranças, senão... é como nascer de novo. E depois havia o campo das flores insípidas, os asfódelos, que também era muito bom. Mas, bem, aqueles que deviam valorizar isso ainda não tinham chegado, estavam a caminho... E é bom que seja assim.

Eu estava no lago Lerna, situado em uma das entradas do submundo, acariciando uma das cabeças de Hidra. Tinha que lhe dar muito carinho, depois de lhe ter arrancado três cabeças por culpa da minha avó.

— Sr. Hades! — gritou alguém.

Eu me virei, era Caronte. Hidra grunhiu, não ia com a cara dele. Muitas vezes vinha à minha procura enquanto eu a acariciava.

— O que foi?

— Já está na hora.

Eu me levantei de um salto. Hidra grunhiu mais alto porque parei de tocá-la, mas abracei uma de suas cabeças e lhe dei muitos beijinhos.

— Hidra, meu amorzinho, me desculpe, mas eu preciso ir. Nosso reino está prestes a começar a funcionar.

Ela me deu uma lambida tão grande que me encheu de baba. Eu me sacudi e corri até Caronte. Nunca o tinha visto remar tão rápido, estava tão ou mais nervoso do que eu. Deslizando pelo Estige como *+ Velozes + Furiosos*, chegamos finalmente ao nosso destino, a minha margem. Chamo-lhe de "minha margem" para que vocês me entendam, foi ali onde caí da primeira vez que cheguei ao submundo. Sim, onde chorei durante dias. Tânato nos esperava ali. Eu sei, ainda não lhes falei dele, mas também não era preciso, vocês já o conhecem. Tânato é a morte. É irmão de Caronte, portanto, filho de Érebo e Nix. Provavelmente vocês o imaginam sem rosto, coberto por uma espécie de capa preta com capuz e segurando uma foice de dois metros. Mas não, isso são vocês e sua percepção do que deve ser deixar o mundo dos vivos. Deixem-me esclarecer uma coisa: Tânato é a morte, mas não todas as mortes. Ele é a morte que todos os humanos desejam: tranquila, indolor, aquela que chega sem que você se dê conta. Exatamente, como adormecer. De fato, seu irmão gêmeo era o sono, Hipnos. A morte tranquila era linda, e Tânato era muito lindo, usava o cabelo em tranças grossas e perfeitas grudadas na cabeça, era alto e forte, tinha olhos pretos belíssimos e asas cinzas grandes e fortes... Já nem sei do que eu estava falando. Ah, sim, Tânato estava na minha margem.

— Sr. Hades — disse com uma voz muito grave.

— Tânato — respondi, tentando simular um pouco o seu tom.

Caronte me olhou de lado, percebendo que eu estava muito nervoso.

— Tânato, irmão, você já encontrou o primeiro? — perguntou o barqueiro.

A morte assentiu e olhou para mim. Demorei alguns segundos para me dar conta de que ele estava esperando meu sinal. Fiz um gesto com a cabeça. Tânato abriu suas asas e, com uma batida, saiu disparado de um dos buracos do teto do submundo. Agora só era preciso esperar.

— Como acha que deve ser? — perguntei a Caronte, sem deixar de olhar para o teto.

— O quê, sr. Hades?

— Morrer.

Houve um breve silêncio.

— Para quem, sr. Hades?

Olhei para ele, confuso.

— Para o que morre ou para os que têm que continuar vivendo sem ele, sr. Hades?

Velho maldito. Eu não tinha pensado nisso.

— O que você quer dizer com os que têm que continuar vivendo?

— Acho que esses seres terão criado laços entre eles, criado famílias, amizades, amores... O desaparecimento de um vai criar um vazio no grupo a que pertencia. Sentirão a sua falta, sr. Hades.

Naquele momento, entendi por que iam amar a Zeus e temer a mim. O medo não era tanto de lhes tirar a vida, mas de tirar a vida de alguém. E eu ia ser o responsável por isso, por culpa do meu maldito irmão. Esses seres iam me odiar com todas as suas forças, iam fazer todo o possível para que seus seres queridos e eles próprios não pisassem no meu reino, mas iam desejar enviar para cá aqueles que mais odiavam, e inclusive alguns iam se atrever a fazer isso. Ninguém ia gostar de mim. O submundo ia se encher de seres obrigados a estar aqui, e eu ia continuar a me sentir tão sozinho como quando me deitei nesta margem para chorar. O único que queria morrer era eu... mas nem isso eu podia fazer.

— Veja, sr. Hades! — gritou Caronte, apontando para cima.

Levantei a cabeça. Ali estava ele. O primeiro homem morto. Tânato o segurava com os braços.

— Parece que está com medo, sr. Hades — disse o barqueiro.

E realmente parecia. Estava tremendo e cobria o rosto com as mãos. Tânato pousou com muito cuidado e tentou descê-lo, mas o ser se agarrou com força à morte.

— Não, não, não, não, não, não! — gritou.

— O que ele tem? — perguntei.

— Ele está com medo, confuso, não entende o que aconteceu

— respondeu Tânato com sua voz grave.

Vocês não podem imaginar como me senti mal.

— Como foi?

— Rápido. Ele estava comendo, com outros como ele. Havia um lugar ao lado dele, eu me sentei...

Fez uma pausa para segurar bem o ser, que continuava tremendo.

— ... e ele me viu. Perguntou quem era, mas não lhe respondi. Ele se virou para os seus e lhes perguntou se me conheciam, mas eles também não lhe responderam. Eu já o tinha tocado, na mão.

Tânato tira a vida com um simples toque.

— E o que mais? — perguntei, impaciente.

— A sua gente começou a gritar e a apontar para ele. Ele se levantou de repente, afastando-se de onde seus dedos apontavam, e viu-se deitado no chão... e desde então está assim.

Bufei e me virei, passando as mãos pela cara e pelo resto da cabeça.

— Por quê?! Por que tenho que ser o responsável por fazer isso com eles? — gritei, com raiva.

Eles não responderam. Caronte e Tânato baixaram a cabeça. Eu continuei gritando, furioso.

— Poseidon é o responsável pelo mar! Pelo maldito mar! Por subir e descer a maré, por fazer mais ou menos ondas, por formar bolhinhas! E eu tenho que ser o responsável por ferrar a vida de seres inocentes criados por Zeus para que ele se sinta mais amado?! Vocês acham que isso é justo? Eu sou o tonto aqui ou o quê?

Eles continuavam sem me dizer nada. Eu também não esperava que dissessem, só queria desabafar.

— Querem saber de uma coisa? Eu passo. Desisto.

Caronte olhou para mim.

— Desiste do que, sr. Hades? — ele perguntou.

— Vou subir para falar com Zeus e lhe dizer que não vou ser o responsável pelo submundo. Aceitarei o castigo que for necessário.

Caronte estava prestes a me dizer alguma coisa, mas lhe acenei para que se calasse. Eu me abaixei e me empurrei para voltar à superfície. Mas, justo quando estava prestes a atravessar um dos buracos, alguém me agarrou pelo pé e me jogou de volta no chão do meu reino. Caí de bruços, tentei me levantar e não consegui, alguém não me deixava, o mesmo que tinha me impedido de sair daqui... Caronte. Ele cravou o remo no meu peito. Eu não podia acreditar. Tentei me livrar dele com um golpe, ele nem se alterou. Busquei Tânato com o olhar, mas ele estava de costas, consolando o morto.

— Nem pense nisso, sr. Hades — disse Caronte.

No fundo, eu sabia que ele era mais forte do que eu, mas nunca pensei que fosse chegar a uma situação em que isso ficasse evidente. Ele falava comigo e me olhava com o mesmo respeito de sempre, mas estava em cima de mim, me segurando.

— Entendo que se arrependa, que não queira assumir a responsabilidade por isso, que seja difícil de assimilar, que se sinta mal, traído, maltratado, rejeitado pela sua família, entendo tudo. E tem todo o direito de se sentir assim e de se irritar, sr. Hades — acrescentou com um tom muito empático.

— Mas...?

Tinha que haver um "mas".

— Supere, sr. Hades.

Eu não esperava essa resposta.

— Isso já não é mais sobre você, sr. Hades. Isso é sobre eles — concluiu o barqueiro, apontando para o homem morto.

Tânato continuava de costas, mas o olhar do morto aparecia por cima do seu ombro. Tinha olhos castanhos e estavam cheios de lágrimas, dava para ver toda a sua vida passada através deles. Caronte tinha razão: por mais doloroso que fosse, meu tempo para fugir dessa responsabilidade tinha passado. O melhor que podia fazer era tentar ajudar aqueles seres frágeis e tornar sua estadia mais suportável. O barqueiro retirou o remo e o estendeu para me ajudar a levantar; aceitei. Fiquei em pé e fui até Tânato.

— Deixe-o comigo — eu disse.

Ele se virou, agora sim.

— Tem certeza?

Acenei com a cabeça. Tânato abaixou a cabeça em direção ao homem morto e lhe deu um beijo na testa. Vi como se acalmava um pouco. Ele o baixou, bem devagar, e o ser ficou de pé. Continuava nervoso e confuso, mas nada como antes.

— Meu nome é Hades — eu me apresentei.

O morto me observava com os olhos abertos como duas janelas.

— Bem-vindo ao submundo, este é o seu novo lar.

Ele olhou para todo o meu reino. Eu lhe falava com muito cuidado, ele ainda estava confuso e assustado, e a qualquer momento podia voltar a desabar.

— Você já conhece Tânato, agora eu vou lhe apresentar o nosso barqueiro, Caronte.

Ofereci minha mão para acompanhá-lo até ele. Ele a observou durante alguns segundos, mas aceitou. De mãos dadas, eu o levei até Caronte, que esperava na margem.

— Eu lhe deixo com ele, é ele quem vai te levar para o seu lugar.

— Para qual deles, sr. Hades?

Eu não sabia nada da sua vida, nem do que tinha feito de bom ou de mal, mas ele era o primeiro de todos e tinha sofrido muito. Além do mais, as Erínias não o tinham escolhido, por isso, coitadinho...

— Você gosta de frutas? — perguntei ao morto.

Pude ver como esboçava um pequeno sorriso. Caronte o ajudou a subir no barco.

— Boa viagem — eu disse a eles.

Caronte assentiu em sinal de agradecimento, mas não só por lhes desejar uma boa travessia até os Campos Elísios, mas também por não ter fugido aterrorizado. Se bem que, para ser sincero, se ele não tivesse agarrado o meu pé... Vai saber que castigo meu irmão teria me dado. Eu estava grato ao barqueiro, a princípio tinha muito medo de que me visse como fraco, inseguro e inexperiente e deixasse de me respeitar. Mas ele me viu de todas essas maneiras e não deixou de fazer aquilo. Será que tinha outra escolha? Podia considerá-lo um amigo, levando em conta que sua obrigação era me servir e me ajudar a administrar o submundo? Ou, mais que um amigo, estaria ele sendo um servo perfeito? Eu me perguntei tudo isso enquanto via como se afastavam pelo Estige. Não sei quem pretendia enganar... Continuava sozinho. Rodeado de seres que não tinham outra opção senão estar aqui, como eu, sim, mas que podiam estar em conluio uns com os outros, não comigo. Não tinha ninguém que estivesse no mesmo nível hierárquico que eu, estava sozinho no meu trono.

17

Já tinha passado muito tempo desde o primeiro morto e, até agora, tudo estava correndo bem. Caronte passava o dia todo para cima e para baixo com o barco, mas essa era a única coisa estressante que tinha que fazer. Os mortos chegavam com regularidade, porém não eram muitos ao mesmo tempo. Além disso, já se tinha espalhado a notícia pela superfície, entre esses mortais, do que os esperava quando morressem, então já não era tão chocante como foi com o primeiro. Mas, um dia, enquanto acariciava uma das lindas cabecinhas de meu cão Cérbero, me dei conta de que todos os mortos que chegavam eram do mesmo sexo.

— Caramba! — gritei.

Cérbero se assustou. Estávamos em silêncio e, de repente, eu o tinha quebrado.

— Desculpe, Cerbe, é que me dei conta de uma coisa terrível.

Ele suspirou.

— É, sinto muito, tenho que ir.

Ele latiu.

— O que você está dizendo? Eu não faço mais carinho na Hidra do que em você! Não fique com ciúmes.

Ele rosnou.

— Bem, talvez eu faça mais carinho nela, mas é só porque ela tem mais cabeças do que você. Eu gosto de vocês dois do mesmo jeito.

Não, eu não entendia o que Cérbero me dizia, e ele também não me entendia. Por acaso vocês que têm cães não falam com eles? Então, é isso mesmo. Deixei Cérbero na sua caverna e corri à procura de Caronte. Eu o encontrei onde ele passava a maior parte do dia, especialmente nos últimos tempos: navegando pelo Estige. Estava sozinho.

— Caronte! — gritei, enquanto aterrissava com suavidade no seu barco.

— Sr. Hades, quanto tempo.

— Preciso falar com você.

— Claro, sr. Hades. O senhor se importa de falarmos em movimento? Acabei de deixar um morto no Campo de Asfódelos, e tem outros esperando. Não quero que se acumulem.

— Claro, era só o que faltava.

O barqueiro retomou sua rota. Fazia muito tempo que não conversávamos, mas fui direto ao ponto.

— Você não percebeu algo estranho nos mortos? Algo que se repete em cada um deles? Algo que todos têm em comum?

— Pênis, sr. Hades?

Demorei para reagir.

— É, isso mesmo.

Caronte ainda estava remando. Ele me disse isso como se já o soubesse havia muito tempo ou como se não achasse isso estranho.

— E você acha que isso é normal? Não acha que é estranho? — insisti.

Caronte parou.

— O senhor não tem, sr. Hades?

Às vezes eu não sabia se ele estava me provocando ou me tratando como um idiota. Também não queria saber.

— Vamos ver, Caronte, querido... Você não acha estranho que todos os mortos que estão chegando, cada um deles, tenham pênis?

— Ah, agora acho que estou entendendo, sr. Hades — respondeu, voltando a remar. — É que eu pensava que o senhor já soubesse.

— Soubesse o quê?

— O deus Zeus ordenou a Prometeu que não criasse nenhum ser com vagina para que a deusa Hera não pensasse que ele estava fabricando amantes para seu gozo e prazer, sr. Hades.

Fiquei boquiaberto.

— Isso não faz nenhum sentido, Zeus não se importa com o que você tem entre as pernas. Se ele gosta de algo ou de alguém, ele vai possuí-lo, mas... Espera um pouco, como é que você sabe disso?

— Faz dias que quero falar com o senhor sobre várias coisas, mas não paro de levar mortos para cima e para baixo, sr. Hades.

— Caramba, Caronte, primeiro me diga como sabe disso, e depois me conte suas queixas.

O barqueiro suspirou.

— Um novo filho de Zeus veio aqui outro dia para se apresentar. Eu disse para ele procurar o senhor, que eu estava ocupado, mas ele decidiu me acompanhar e me contou coisas da superfície...

Aquilo me irritou e eu o interrompi.

— E o que fazia aqui um filho de Zeus? Espere. Ele lhe acompanhou enquanto você carregava os mortos?

— Isso mesmo, sr. Hades.

— Mas você não disse que no seu barco só cabem dois? Reclama que tem muitos mortos para levar, e os carrega um de cada vez, quando pode levar dois de cada vez, hein?

Caronte ficou em silêncio, tranquilo, esperando que eu parasse de falar.

— Responda — ordenei.

— Ele não subiu no barco, estava voando, sr. Hades.

Bem, essa possibilidade eu não tinha imaginado.

— Ah, bom.

Durante alguns segundos, só se ouviu o som da água a ser empurrada pelo remo.

— Eu me pergunto com quem ele deve ter se metido para que tenha saído com asas. Como ele se chama?

— Hermes, sr. Hades. É filho de uma plêiade, Maia, e as asas dele ficam nas suas sandálias, não no seu corpo.

As plêiades eram filhas do titã Atlas e da oceânide Pleione. Zeus havia se deitado com uma filha do titã, a quem tinha castigado de segurar o céu.

— Nossa... Ou seja, esse tal Hermes é outro deus.

— Sim, sr. Hades. Um novo olímpico, ele me disse.

Deixei escapar uma gargalhada de raiva.

— E esse deusinho veio aqui para te dizer isso? Por que ele queria me ver? Para me gozar?

— Pode perguntar diretamente para ele, sr. Hades — respondeu Caronte, apontando para a minha margem.

Havia uma fila muito longa de mortos. Vi Tânato voltando à superfície para buscar o próximo, mas também vi alguém descendo. Era jovem, com o cabelo curto e bem enrolado, de cor grená, e pele cinza. Era ele. Olhei para os seus pés: usava sandálias amarradas acima do tornozelo e cada uma tinha duas asas, surpreendentemente pequenas para que flutuasse. E segurava um homem morto. Por que segurava um morto? Hermes me viu e o deixou cair. Se não estivesse morto, teria morrido da pancada que levou.

— Tio Hades, deus do submundo! — gritou Hermes, muito emocionado, voando até a margem.

Eu não esperava aquela recepção, parecia que me admirava.

— Oi... Hermes. Caronte me falou de você — eu o cumprimentei com cordialidade, enquanto descia do barco.

Hermes gritou:

— Você sabe o meu nome?! O próprio deus do submundo sabe o meu nome?! Não acredito! — exclamou, dando cambalhotas no ar.

Estava supercontente de me conhecer, era um exagero. E sua excitação me fez sentir muito bem, por isso, decidi ser simpático.

— É claro que eu sei o seu nome. Você é um deus do Olimpo, como não saberia?

Hermes aterrissou diante de mim.

— Posso te dar um abraço, tio Hades?

Meu coração derreteu. Era a primeira vez que alguém queria me abraçar. Não respondi. Eu o abracei. Nós dois choramos, foi lindo. Como é que esse jovem deus podia me amar tanto se nem sequer me conhecia? Lembrei que o tinha visto deixando um morto, por isso tinha que lhe perguntar sobre isso antes que me esquecesse.

— O que você está fazendo aqui? Vi você fazendo o trabalho de Tânato.

— Sim, sim. É que... gostaria de poder lhe ajudar com o transporte dos mortos. Se estiver tudo bem para você, é claro. Seria uma honra para mim poder lhe servir, sr. Hades.

Mas, vejamos, de onde tinha saído esse deus tão encantador?

Não parecia filho de Zeus! A mãe dele devia ser maravilhosa, senão, não consigo entender.

— Claro que não tem problema, Hermes, será um enorme prazer ter você por perto, você traz alegria para este lugar — respondi com muito entusiasmo.

— Sério? Você jura? — perguntou com um sorriso de orelha a orelha.

— Se juro? Ha, ha, ha! Claro que juro!

Assim que disse essas três últimas palavras, soube que algo estava errado. A expressão do rosto de Hermes mudou por completo. Ele passou de um garoto animado a um ladrãozinho orgulhoso por ter conseguido o que queria. Começou a rir com malícia. Eu me assustei, olhei para trás à procura de Caronte, mas ele tinha desaparecido. Tinha carregado o próximo morto e ido embora. Tânato também não estava. De repente, um estrondo luminoso invadiu o meu reino e me derrubou no chão. Zeus.

— Não acredito! Ha, ha, ha! Hermes, meu filho, que baita craque você se tornou! — gritou meu irmão, dando gargalhadas.

— Eu te disse que ia ser fácil ele me prometer, pai.

Deram um aperto de mãos enquanto riam. O moleque das sandálias aladas tinha me enganado, era só o que me faltava. Que humilhação.

— Hades, irmão! Ha, ha, ha! Você sempre foi ingênuo, mas tanto assim? Olhe só para você...

Ele continuava me provocando, o desgraçado. Decidi interrompê-los.

— E por que me enganam? Se o que queria era que seu novo filho se encarregasse de transportar os mortos, só tinha que me dizer, não precisava de todo esse teatro. Eu teria dito que sim, sem problemas. Menos trabalho para Tânato.

Menti, não queria nenhum filho de Zeus no meu reino. Mas o gênio da mentira era Hermes, e esta foi apenas uma pequena demonstração. Provavelmente vocês o conheçam melhor como "o deus mensageiro", mas isso é porque talvez não saibam sua história. Parece que a mãe de Hermes o pariu em uma caverna: Zeus lhe ordenou que se escondesse porque, se Hera ficasse sabendo que ele ia ter outro filho com outra amante, tentaria matá-los. E no mesmo dia em que Hermes nasceu, ou seja, assim que nasceu, ele saiu da caverna por seus próprios pés e foi dar um passeio. Um bebê deus recém-nascido passeando sozinho pelas montanhas como um turista inconsequente. Ele encontrou algumas vacas — ou bois, não sei o que eram —, achou-as engraçadas e as pegou para levá-las para a caverna. Obviamente, a mãe surtou ao vê-lo chegar com todos aqueles animais, mas o deus Apolo ficou ainda mais chocado, porque as vacas eram dele. Apolo era outro filho de Zeus e, se vocês o conhecem como deus da música, é graças a Hermes. Acontece que, no dia seguinte, Apolo seguiu o rastro das vacas, que o levou até a caverna, e ali encontrou Hermes com sua mãe. Este mentiu para ele, disse-lhe que não tinha visto nenhuma vaca, e Apolo acreditou nele, até que ouviu o mugido de uma delas. Ameaçou matá-lo, mas Hermes lhe ofereceu um instrumento que tinha feito na noite anterior com pele de vaca e o casco de uma tartaruga: uma lira. Apolo ficou fascinado e não só o perdoou, como o levou ao Olimpo para que Zeus o aceitasse como mais um olímpico. Tudo isso em um dia e meio de vida e com meio cordão umbilical pendurado. E agora eu ia ter que suportá-lo em meu reino. Que vida mais nojenta.

IX

Tinha deixado Caronte de lado. Ele me havia dito que tinha coisas para me contar, mas com o que tinha acontecido com meu sobrinho Hermes, eu havia me esquecido. Percorri os rios Flegetonte e Lete, mas não o encontrei. *Ele deve estar no Estige,* pensei. E me dirigi para lá. Quando estava quase chegando, ouvi gritos, que aumentavam à medida que eu me aproximava. Não eram gritos solitários, mas vários, muitos. Não era incomum que os mortos gritassem, mas nunca haviam gritado tanto. Quando cheguei ao rio, entendi. Não podia acreditar no que meus olhos estavam vendo. As águas do Estige estavam cheias de mortos tentando lutar contra a correnteza. Entrei em pânico.

— Caronte! — gritei.

Não o encontrava, não via seu barco em lugar nenhum. Gritei seu nome de novo, mas nada. O rio estava cheio de pessoas mortas, era um verdadeiro caos. Fui até a minha margem para ver se estava ali. Se o Estige estava cheio, a minha margem... eu nem lhes conto. Não dava nem para ver o chão. E os mortos não paravam de chegar, caíam dos buracos do teto feito gotas de chuva, sem parar. Mas desciam sozinhos, eu não via Tânato nem Hermes.

— Sr. Hades! — alguém gritou.

Segui o som do meu nome e, no meio da multidão, localizei de onde vinha. Mas não era Caronte, e sim Tânato. Fui na direção dele.

— O que está acontecendo? De onde estão vindo todos esses mortos? — perguntei, muito nervoso.

— Sr. Hades, Zeus provocou um dilúvio que está afogando todos os seus seres!

— O quê?! Como assim, um dilúvio? Por que ele fez isso?

— Porque eles estão com o fogo olímpico!

Fiquei em silêncio, boquiaberto. O fogo olímpico era protegido pelo ciclope Brontes, aquele que me deu o capacete de invisibilidade durante a Titanomaquia.

— O titã Prometeu o roubou e o entregou aos seres!

Meu queixo caiu no chão. Prometeu e meu irmão não eram muito, muito amigos? O que tinha acontecido?

— Prometeu? Mas por quê?

— Parece que Prometeu queria mostrar aos seres como se fazia fogo para que evoluíssem, mas Zeus o proibiu. Seu irmão tinha medo de que evoluíssem tanto que acreditassem ter o mesmo poder que vocês, os deuses!

Caramba! Prometeu tinha traído meu irmão, mas em grande estilo. Ele não só os ajudou a descobrir, como também lhes entregou o fogo do próprio Olimpo. Estávamos transbordando de mortos, mas não pude deixar de sorrir porque... eram os últimos! É claro! Eu tinha acabado de cuidar da morte dos seres do meu irmão! Estava prestes a ser livre! Ou assim eu pensava. Senti admiração e pura gratidão pelo titã, eu bem que gostaria de ter me atrevido a desafiar meu irmão daquela maneira. E, além do mais, eles eram superamigos! Eu não podia acreditar. Prometeu, eu te amo, você é meu ídolo.

— E é por isso que Zeus está matando todos eles?

— Isso mesmo, sr. Hades. Pode chamar Caronte para nos ajudar?

— Eu? Mas eu não faço ideia de onde ele está, já o procurei por todos os rios.

Tânato suspirou, incrédulo.

— Pensava que soubesse, sr. Hades.

— Soubesse o quê?

— Já faz dias que Caronte parou de transportar os mortos.

Era só o que me faltava.

— Ele entrou em greve — acrescentou Tânato.

Puta merda, eu não esperava por isso. Levei as mãos à cabeça, estava em um estado de ansiedade divina. Ainda que estes fossem os últimos, não podia ver tudo tão bagunçado e colapsado. Os mortos não paravam de chegar.

— O que você está me contando? Como assim, declarou greve?

— O barqueiro queria há muito tempo falar com você, sr. Hades.

— Caramba, eu sei! É por isso que eu estava procurando por ele hoje.

Tânato deu de ombros.

— Um pouco tarde...

Bufei. Estava muito agoniado. Não podia fazer nada sem Caronte, precisava dele. A culpa era minha, e eu tinha que consertar isso o mais rápido possível.

— Onde ele está?

— Não me disse.

— Por favor, não minta para mim.

— Não estou mentindo, sr. Hades, ele não me disse para onde estava indo.

— Tá bom... Vou lhe perguntar de outra maneira. Onde você acha que ele pode estar?

Tânato ficou em silêncio. Se Caronte estava no submundo, Tânato tinha que saber. Acho que estava implorando a ele por solidariedade. Não me interpretem mal, eu o respeito por isso. Mas naquele momento, era uma emergência, por culpa minha, sim, mas era uma emergência e eu precisava do meu barqueiro.

— Por favor — supliquei.

Tânato suspirou.

— No prado das frutas, mas eu não lhe disse nada.

Eu o abracei, dei um beijo em sua linda e grande cabeça e saí com pressa em direção aos Campos Elísios. Nem mesmo lutando na Titanomaquia eu tinha me movido com tanta velocidade. Aterrissei na margem e lá estava seu barco, coberto com quatro plantas mal colocadas. Não entendo como não o vi quando passei por ele. Andei pelo campo, entre as árvores, estava cheio de seres de Zeus, muito relaxados, comendo frutas sem parar, alguns dormindo, outros conversando em voz baixa... Nem no melhor dos spas. Alguns olhavam para mim, mas não me reconheciam, todos tinham bebido das águas do esquecimento. Passei um bom tempo procurando por ele, mas ia devagarinho, a tranquilidade do lugar era contagiante.

Pouco depois, o encontrei, sentado, encostado em uma árvore, rodeado de cascas de laranja e de banana, comendo uvas. Ele me viu, mas quase não se mexeu.

— Quer uma, sr. Hades?

— Caronte, sinto muito por ter deixado você de lado...

Levou algumas uvas em sua boca.

— Estão deliciosas e não têm sementes. Tem certeza de que não quer uma, sr. Hades?

Percebi um tom um pouco ameaçador, como se não gostasse que eu recusasse de novo um de seus pedidos. Precisava da ajuda dele, então devia fazer o que me dizia, já que não tinha feito isso antes.

— Claro, por que não?

Sentei-me ao lado dele. Peguei uma uva de seu cacho e a comi.

— Gostaria de estar morto para poder ficar aqui para sempre, sr. Hades.

Afe, isso doeu.

— Desculpe, Caronte, ainda não me acostumei com tudo isso, estou muito agoniado e sei que não tenho estado tão presente quanto deveria...

— Sr. Hades — ele me interrompeu.

Olhei para ele.

— Se for pedir desculpas, faça isso sem se justificar. Senão, não o faça.

— Mas eu só estou lhe explicando por que isso aconteceu...

— Eu sei por que aconteceu — ele me cortou de novo. — Desde que chegou aqui, não parou de tentar fugir, de uma forma ou de outra. Passa os dias acariciando Hidra e Cérbero e, de vez em quando, dá uma olhada para ver se está tudo em ordem, e está, graças a mim, sr. Hades.

Ele não estava com raiva, estava magoado. Caronte estava sendo a mãe que eu nunca tive. Assenti.

— Entendo que o senhor é um deus e eu sou seu servo, e não quer ter que se preocupar além da conta, mas a única coisa que quero é que me escute. Eu mereço isso, sr. Hades — concluiu.

Engoli minha saliva e meu orgulho escasso.

— Estou te escutando, Caronte.

— Não posso carregar todos os mortos, não dou conta, são muitos.

Esperei alguns segundos, mas pareceu que isso era tudo.

— Se é isso o que lhe preocupa, fique tranquilo, meu irmão está matando todos eles, os que estão lá colapsando o Estige são os últimos, não haverá mais nenhum. Se você me ajudar com esses, poderá ficar aqui o tempo que quiser, comendo uvas, mamões... O que quiser. Será livre.

Caronte olhou para mim, incrédulo. Contei a ele tudo o que Tânato me havia dito. Ele sorriu e, do bolso de sua túnica, tirou um objeto prateado. Era pequeno, parecia uma pedra, mas era redondo e achatado, como se tivesse sido esmagado. Entregou-o para mim.

— O que é isso? — perguntei, olhando para ele.

Tinha um desenho, parecia o rosto de alguém, mas não dava para ver direito.

— Recebi de um morto, sr. Hades. Ele queria furar a fila e me ofereceu em troca de eu levá-lo primeiro.

— Ah, e o que você fez?

— Eu o deixei passar, sr. Hades.

Achei estranho.

— Por quê? Só porque lhe deu essa pedra?

Ele a pegou de volta.

— Não é uma pedra, sr. Hades, o morto me disse que se chama óbolo. Parece que esses seres fazem trocas com eles...

— Faziam — eu o corrigi.

Eu me levantei e lhe estendi uma mão para ajudá-lo a se levantar.

— Por favor, você me dá uma mãozinha com isso de acomodar esses mortos?

O barqueiro olhou para mim e sorriu.

— Vou ajudá-lo, sr. Hades.

Agarrou minha mão e se levantou. Ainda bem que consegui convencê-lo; se não fosse por ele, aqueles mortos ainda continuariam nadando no Estige.

19

Caronte tinha acabado de transportar o último morto, e o silêncio mais uma vez tomou conta do submundo. *E agora, o que será do meu reino?,* pensei. Só havia um deus que podia me responder isso, então, depois de muito tempo, decidi ir para a superfície. A pressão da viagem destruiu minha cabeça, não me lembrava mais disso. Devo ser um tonto. Não sabia onde tinha chegado, mas tive que me deitar na primeira montanha que vi, precisava me recuperar. Eu me joguei na grama, não estava nada mal, mas a do meu reino era mais bonita e confortável, com a diferença de que, lá embaixo, se olhava para cima, não via o céu. Eu o observei durante um bom tempo, estava amanhecendo, a titânide Eos estava prestes a abrir as portas do palácio do titã Hélio, o sol. *Como o céu está lindo,* pensei. *Muito bem, Atlas.* Quando a tontura passou, eu me levantei lentamente, e foi aí que vi o que Zeus tinha feito. Só havia água, é claro, ele tinha inundado tudo. Os únicos pedaços de terra que se destacavam eram as montanhas, como aquela em que eu estava, e talvez mais alguma outra. Enquanto observava abobado até onde meus olhos podiam, o que não era pouca coisa, Hélio saiu em sua carruagem para cruzar o céu, iluminando tudo, junto com gritos horríveis que vinham atrás de mim. Levei um baita susto. Para meu azar, justo quando o meu reino fica em silêncio, eu saio e encontro mais gritos. *Devem estar me perseguindo,* pensei. Mas esses eram diferentes, pareciam ser de dor e de um único ser, enquanto os do submundo eram de medo e muitos ao mesmo tempo. Não me façam escolher, que eu não gosto de tomar decisões. Segui a voz, ela vinha do alto da montanha, pulei e aterrissei atrás de uma pedra grande.

Os gritos vinham de lá, mas eu não conseguia ver ninguém, parecia estar do outro lado.

— Está tudo bem? — perguntei.

Claramente não estava tudo bem, mas eu também não sabia o que dizer. Os gritos continuavam, e havia também um barulho um pouco nojento: como se alguém estivesse comendo, mas sem modos. Minha imaginação começou a criar várias situações, e nenhuma me fazia sentir confortável, então dei a volta na pedra para descobrir o que estava acontecendo. Quem dera não tivesse feito isso.

— Mas que merda é essa?! — gritei.

— Ai! Ai! Ajude-me!

— Prometeu?!

Deixem-me ver como lhes conto isso. Vocês se lembram do titã Prometeu? Já falei dele no capítulo anterior, mas vou refrescar a sua memória. O titã adiantado, o irmão do titã atrasado, mas não em um sentido capacitista, como eu já disse. O superamigo do meu irmão Zeus, que o traiu roubando o fogo do Olimpo para entregá-lo a vocês, humanos. Pois ele estava com pés e mãos acorrentados em uma rocha, com dois abutres comendo suas tripas. Obviamente, eu fui para cima deles e os chutei para longe. Eles saíram voando, irritados, é claro, porque eu tinha estragado o almoço deles.

— O que você está fazendo aqui, Prometeu? O que aconteceu com você? — perguntei, enquanto juntava seus intestinos.

Ele mal podia falar.

— Seu... seu irmão...

— Zeus? Ele fez isso com você?

Ele assentiu com a cabeça.

— Ca... cas... tigo.

Caramba, é claro, eu não tinha me tocado que meu irmão o teria castigado também, não só seus seres.

— E ele o acorrentou aqui para ser comido pelos abutres? Não sabe que você é imortal ou o quê? — perguntei, em tom de brincadeira.

— Claro que sabe... Foi por isso que ele fez isso.

— O que quer dizer com isso?

Ele fez um gesto de queixa, provavelmente com a intenção de que eu adivinhasse o que ia me dizer, sentia muita dor ao falar, mas eu sou um deus, não sou adivinho. O previdente, em teoria, era ele, mas também não devia ser tanto assim se não previu esse castigo chegando.

— Quando... o... dia... começa... os abutres vêm... e me comem. À noite, eles vão embora e a minha barriga se regenera...

Eu estava em choque.

— E assim todos os dias?

Assentiu.

— Até quando...?

— Para sempre...

Maldito Zeus torturador e sociopata. Lembrem-se agora do filme da Disney.

— Sinto muito, Prometeu. Para ser sincero, eu lhe admiro muito por sua coragem para enfrentar o meu irmão.

O titã sorriu.

— Alguém... tinha que... fa... fazer isso...

De repente, um estrondo luminoso nos interrompeu. *Merda,* pensei.

— Posso saber o que você está fazendo, Hades?

Eu me levantei do chão. Obviamente, era Zeus. Estava furioso, saíam faíscas dos seus olhos.

— Por acaso está tentando boicotar o meu castigo? — acrescentou, gritando.

— Não, não, irmão, o que você está dizendo? Eu o encontrei pelo caminho...

— Cadê os abutres?

Olhei para os lados, mas eles não estavam lá.

— Devem ter se assustado quando me viram.

— Hades, seu imbecil.

Zeus levou os dedos à boca e assobiou. No resto, não, mas nisso de assobiar ele era ótimo. Os dois abutres apareceram voando e pousaram, de novo, ao lado de Prometeu.

— É hora de comer — disse Zeus.

Enquanto os abutres enchiam o papo com os gritos do titã previdente ao fundo, Zeus se sentou em uma pedra e me convidou a fazer o mesmo em outra bem à sua frente. Eu me sentei. Estava com bastante medo.

— O que está fazendo aqui, Hades?

Teria preferido ter essa conversa em outro lugar, e não com Prometeu ali, sendo devorado vivo.

— Bem... Olhe, já que não há mais seres que vão morrer...

Zeus levantou o dedo indicador da mão direita para que eu me calasse. Fiz isso. Ele abaixou o dedo e começou a rir.

— O que eu disse que foi tão engraçado assim? — perguntei.

— Esses foram apenas os primeiros.

Droga.

— O quê? Como assim os primeiros? Você vai criar mais?

Ele negou com a cabeça.

— Eu, não. Já tem alguém se ocupando disso, irmãozinho.

Voltou a rir. Eu estava ficando cansado de não entender nada.

— Pode me explicar o que está tramando? Eu passo os dias e as noites trancado no submundo, não acho nem um pouco engraçado quando você dá uma de misterioso como se isso fosse algum tipo de jogo. Se quiser que eu seja leal a você, seja honesto comigo.

Não sei quem ficou mais surpreso com o que eu lhe disse, ele ou eu. Acho que foi a primeira vez que eu falei assim com ele.

— Ah, que fofo... Sua primeira ameaça! Muito bem, Hades, agora só falta você fazer xixi sozinho... Ha, ha, ha!

Nem com ameaça ele me levava a sério. Estava cansado de suas bobagens, então me levantei para ir embora.

— Tá bom! Eu paro, eu paro... Vai, sente-se de novo.

Eu demorei alguns segundos, não queria que parecesse que estava lhe obedecendo como se fosse o seu animal de estimação. Embora fosse difícil não o fazer. Eu me sentei.

— Como você deve saber, o amigo aqui não era tão amigo quanto eu pensava...

Olhou de soslaio para Prometeu. Continuou:

— Ordenei que Hefesto criasse uma mulher. Se você a visse... Ficaria encantado, ela é uma mistura de Hera, Afrodite, Deméter, Atena e mais alguma outra filha minha que você ainda não conhece. Essa mulher se chama Pandora.

Prometeu gritou mais alto. Zeus riu. Eu continuava atento.

— Ele está com raiva porque seu irmão, Epimeteu, se casou com ela. Tiveram uma filha, que chamaram de Pirra. Mas Pandora levava consigo uma caixa, muito bonita, por sinal. Eu lhe dei de presente, mas disse para ela não a abrir.

— Por quê?

— Se eu lhe desse uma caixa e lhe dissesse para nunca a abrir, sem lhe dizer o motivo, você a abriria?

Era nessas horas que o ódio que eu sentia por ele se transformava, durante alguns instantes, em profunda admiração.

— O que havia nessa caixa, Zeus?

Ele esboçou um sorriso malicioso e se inclinou um pouco para a frente.

— Inveja, mentiras, crimes...

— Crimes? — interrompi.

— Sim.

Meu rosto se iluminou. Então entendi muitas coisas.

— É por isso que o Tártaro está vazio de mortos? É por isso que as Erínias não estavam fazendo nada?

Assentiu.

— Mas, Zeus... Por que você não colocou tudo isso no início?

— Para quê? Com que fim? Eu só queria que eles me adorassem, mas o traidor do Prometeu estragou tudo! — gritou, dirigindo-se ao titã.

Prometeu fez o maior esforço de sua vida para mostrar ao meu irmão o quanto estava satisfeito por tê-lo traído.

— E... eu... ai... faria... isso... ai... de novo! — exclamou o titã.

Zeus não lhe respondeu. Olhou para mim de novo.

— E quem são esses novos seres?

— Chame-os de "*anthropos*".

Essa foi a primeira vez que eu escutei aquela palavra, a tradução para a língua de vocês seria "homem" ou "ser humano", mas eu vou me referir a eles como "humanos".

— O que isso significa?

— Aquele que examina o que vê. Eu percebi que eles são os únicos mortais que fazem isso, ainda mais tendo descoberto o fogo.

Voltei a pensar nos novos seres que ele tinha mencionado.

— Onde estão esses novos humanos?

— Na ilha de Delfos.

Naquela época, Delfos era o lar do oráculo de Têmis e, se você quisesse lhe pedir conselhos ou profecias, tinha que ir até lá para obter respostas mais ou menos concretas. Na maioria das vezes, porém, tinha que ler muito nas entrelinhas porque os oráculos gostam de complicar tudo.

— Deucalião e Pirra — acrescentou.

Prometeu gritou mais alto ao ouvir aqueles dois nomes.

— Quem? — perguntei.

— Deucalião é filho de Prometeu e Pirra é filha de seu irmão, Epimeteu... e de Pandora. Ambos sobreviveram ao meu dilúvio e fizeram um sacrifício em agradecimento.

Tive que lhe perguntar:

— Mas você os salvou ou eles concordaram por conta própria?

Ele sorriu para mim, mas não respondeu. Poderia ter sido qualquer uma das duas coisas, poderia tê-los salvado porque já tinha planejado isso ou porque se deparou com essa situação e teve uma ideia para tirar proveito dela. Mas acho que nunca saberemos.

— Eles consultaram o oráculo para saber como criar uma nova onda de humanos... Nunca melhor dito.

Riu de sua própria piada.

— E agora estão fazendo isso — concluiu.

Vou lhes dizer uma coisa: o que mais me irritava de não viver na superfície era perder todas essas fofocas. Mas o que eu mais gostava era que toda vez que eu saía, ficava sabendo de coisas novas.

Zeus estalou os dedos e apontou para trás de mim. Eu me virei. Ao longe, bem ao longe, a uma distância que o olho humano é incapaz de ver, havia uma mulher pulando de monte em monte, e esvaziando uma caixa.

— Essa é...?

— Pandora.

— E o que ela está fazendo?

— Parece que conseguiu fechar a caixa antes que tudo saísse.

— E o que foi que não saiu?

— A esperança.

Meus olhos ficaram arregalados como duas melancias.

— Mas por que ela a está esvaziando? Quer que os humanos sofram mais? — perguntei, incrédulo.

Zeus começou a rir.

Esperança significa prolongar o sofrimento, pensei. É a coisa mais macabra que meu irmão poderia ter colocado naquela caixa.

— Eu também demorei para entender isso. Mas, Hades, além da inveja, dos crimes e das mentiras, também coloquei a fome, as doenças... entidades que os destruirão pouco a pouco, e a esperança os fará acreditar que isso deixará de ser assim em algum momento. Por mais que se esforcem, serão incapazes de abandonar esse pensamento e, no instante em que o fizerem, se sentirão uma verdadeira merda.

Pude ver em seus olhos como desfrutava de me contar aquilo. Sentia-se orgulhoso de seu triunfo por ter amaldiçoado os humanos, vocês, de uma maneira tão perversa. Estava conseguindo se safar. E ainda tinha mais para dizer.

— Irmão, vou ter esses humanos à minha mercê, não vou ter que me preocupar em matá-los ou não, porque eles matarão uns aos outros, ou uma das outras entidades da caixa de Pandora o fará. E, dessa vez, eles poderão se reproduzir entre si. Já não haverá apenas um único sexo... mas para sexo eu terei bastante! Ha, ha, ha! Não conte para Hera! Ha, ha, ha! — exclamou, dando-me cotoveladas de cumplicidade.

Eu estava atordoado, assimilando tudo o que ele tinha me contado. O que havia planejado e conseguido com esse tremendo sucesso estava fora do alcance de qualquer um. A verdade é que eu me sentia muito inferior, não tinha nada para fazer contra ele, jamais teria pensado em algo semelhante. Meu ódio por ele cresceu tanto que já nem cabia mais dentro de mim. Prometeu tinha conseguido enganá-lo de uma maneira brilhante, mas isso só lhe deu mais poder e ideias ainda melhores para continuar governando e dominando sem piedade. E eu... o quê? Não tinha nem conseguido organizar o submundo sozinho. *O que eu ia poder fazer?,* me perguntava. Bem, como vocês humanos diriam, a esperança é a última que morre.

20

Antes de voltar ao submundo, queria fazer uma visita aos meus outros irmãos e irmãs, queria passar pelo Olimpo. Eu me despedi de Zeus, mas não de Prometeu. Fiquei com medo de que meu irmão visse alguma cumplicidade ou admiração de minha parte em relação ao titã. Aqueles que pensam que sou um covarde, gostaria de vê-los desafiando Zeus, vocês não se atreveriam nem respirar. Saí de um salto, e com outro mais cheguei ao Monte Olimpo. Estava igual à última vez, mas com mais ouro, muito mais ouro, mármore e ouro por todos os lados, dava um pouco de tontura. Por sorte, minhas irmãs estavam usando vestidos de cores diferentes e, ao longe, quando vi Héstia e Deméter passarem de rosa e verde, pude dar um descanso à minha vista. Mas, pelo andar de Deméter, tive a impressão de que estava muito irritada. Eu me escondi atrás de um pilar para não ser visto.

— Deixe-me em paz! — gritou.

Certo, ela estava furiosa. Héstia, como sempre, parecia tentar consolá-la.

— Tenho certeza de que você dará à luz uma menina linda e ela te encherá de felicidade, irmã.

O quê? Deméter estava grávida?

— Por que você sempre foca nas coisas boas e não nas ruins? — perguntou ela.

— É a coisa certa a fazer para ser feliz, irmã. Ou você quer ficar com raiva e triste para sempre?

— O que eu quero é que meus irmãos não me violem!

Fez-se silêncio. Tive que me segurar em um pilar porque achei que fosse cair. Irmãos? Éramos apenas Poseidon, Zeus e eu, e eu não tinha feito nada com ela. Poseidon e Zeus eram perfeitamente capazes de cometer um crime daquela natureza, mas com sua própria irmã? Os dois? Fiquei petrificado. *De qual estava grávida?*, me perguntei. Passos quebraram o silêncio. Quando localizei de onde vinham, já era tarde demais.

— Hades? O que você está fazendo aqui? — disse minha irmã Hera, confusa, como se eu não fosse da família.

Estava agarrado a um pilar e com cara de idiota, depois de ter me inteirado de algo horrível. E quando a vi me perguntei se ela sabia.

— Hera, que bom ver você! Esse penteado é novo? Ficou ótimo.

Ela sorriu, agradecida. Era muito vaidosa, um elogio sobre sua imagem e ela se esqueceu de como tinha me encontrado.

— Com quem você está falando, Hera? — perguntou Héstia.

Eu me virei. Minhas outras irmãs tinham vindo até nós. Devem ter nos escutado. Tentei dissimular.

— Deméter, Héstia! Vim visitá-las. Como estão?

— Ótimas! Veja, a família está crescendo! — exclamou Héstia, feliz, apontando para a barriga de Deméter.

Gerou-se uma tensão que até podia ser vista. Deméter fingiu um sorriso.

— Ah, parabéns... — eu lhe disse, desconfortável.

Estava prestes a perguntar quem era o pai, mas não o fiz. Se bem que também não foi necessário.

— Acho que é do Poseidon, como os outros dois que ela teve — disse Hera, com um tom judicioso.

— Os outros dois? — perguntei.

— Chamam-se Despina e Árion, menina e menino. Mas esta não é de Poseidon — respondeu Deméter, evitando contato visual.

Então eu tinha ouvido direito, "irmãos", não "irmão". E parecia que Hera não fazia ideia de que Zeus também tinha violado sua irmã... não é?

— Não ligue para ela, Hades, isso que ela leva na barriga também é do Poseidon — disse Hera, muito convencida.

— "Isso" é uma menina e você sabe muito bem quem é o pai — interrompeu Deméter, com um tom ameaçador.

— Sabia que Árion é um cavalo? Ha, ha, ha! — disse Hera, dando risada.

Eu não sabia o que dizer, mas um cavalo? Deméter não respondeu, deu meia-volta e foi embora. Héstia, preocupada, a seguiu. Hera sorriu com malícia.

— Ela vem provocando Poseidon desde que nos instalamos no Olimpo. Ela lhe dirá que ele a forçou, mas ela mereceu. O dia todo, dando voltas, provocando... Até Zeus.

— Tem certeza de que ela queria provocá-los? — perguntei.

Ela riu como se eu tivesse dito algo estúpido.

— Por que você acha que Zeus me traiu tantas vezes?

Não respondi, era uma cilada, ou uma pergunta retórica, o que é a mesma coisa.

— Se elas não tivessem procurando por ele, meu marido não me trairia! — acrescentou, levantando a voz.

— Mas, Hera...

— São todas umas chatas invejosas! Gostariam de ter o que eu tenho, fariam qualquer coisa para ser eu! Mas não podem porque não são ninguém! Então precisam se contentar em serem comidas pelo meu Zeus! — gritou, segurando as lágrimas.

É provável que vocês a odeiem, mas essa era sua maneira de sobreviver. Ela também era vítima do meu irmão, mas sua ira incontrolável era sempre dirigida às outras que, como ela, tinham sido enganadas por Zeus. Por que nunca se irritava com ele? Por que continuava ao seu lado? Por que continuava o amando depois de tudo? Vocês devem estar se fazendo muitas perguntas. Gostaria de lhes lembrar que Hera é a deusa do casamento. Ela era e representava isso. O casamento é estar unida ao seu companheiro e lhe ser sempre fiel, aconteça o que acontecer. "Mas Zeus não era fiel a ela!" Sim, mas Zeus não era o deus do casamento. Pensem nisso sempre que forem criticá-la.

Agora, esperem... Estou lhes contando toda a história da minha vida e quero fazer isso com honestidade. Essa reflexão sobre minha irmã não é minha, é de Deméter. Conversamos sobre isso há pouco tempo, depois de séculos sem nos falarmos por causa de... Bem, vocês já verão. E talvez agora isso faça sentido para mim, mas antes, não.

Depois de escutar Hera falar assim sobre as outras, eu me irritei.

— Mas você está louca? Quem vai querer ser você? Sua amarga! — gritei para ela, incrédulo.

Ela se assustou, não esperava por aquilo. Aproveitei a situação para dizer tudo o que pensava.

— Estou de saco cheio! Vocês são todos tóxicos! E ainda por cima quem tem que pagar por isso somos nós, que não temos culpa de nada. Você acha normal tratar Deméter assim depois do que fizeram com ela, mesmo?

Ela não respondeu, ainda estava em choque, um mar de lágrimas.

— Você é patética, Hera... É tonta e, quando perceber isso, vai ser tarde demais. Mas não diga que não lhe avisamos.

Eu me senti ótimo, orgulhoso de mim mesmo, finalmente pude lhe dizer tudo o que pensava. *Que bom para mim, alguém tinha que lhe dizer isso*, pensei. Fiz um gesto para ir embora, mas Hera me segurou pelo braço.

— Você é um covarde, Hades.

Minha irmã estava cheia de raiva. Eu sacudi meu braço, mas ela não só não me soltou como se aproximou ainda mais de mim. Ficou a um palmo de distância do meu rosto.

— Você me falou tudo isso porque não tem colhões para dizer isso para o seu irmão — ela sussurrou, furiosa.

Sim. Ela tinha razão. Balancei o braço com mais força e a joguei no chão.

— Seu covarde! — ela gritou.

Eu lhe dei as costas e corri até a beira do Monte Olimpo, pulei e a terra se abriu para me devolver ao meu reino. Foi a primeira vez que não senti aquela maldita pressão na cabeça durante o caminho, mas sim os gritos da minha irmã me chamando de covarde. Aterrissei na minha margem e senti de novo a mesma coisa que da primeira vez que cheguei ao submundo. Aquela solidão, aquele sentimento horrível de precisar de alguém que se preocupe com você, que te faça sentir bem, cuja própria existência faça com que sua existência valha a pena. Quem sabe ficar bem sozinho? Como se faz isso? Como é possível? Eu me sentia mal por ter dito tudo aquilo à minha irmã e precisava que alguém me dissesse para não me preocupar, que não tinha feito nada de errado, que estava tudo bem, mesmo que fosse mentira. Ninguém nunca tinha me tratado com carinho, e agora eu queria isso, precisava disso. Que merda... Eu merecia isso! E estava disposto a fazer qualquer coisa para conseguir.

21

O QUE EU VOU LHES CONTAR A PARTIR DE AGORA É A PIOR COISA que já fiz em toda a minha vida e adoraria dizer que me arrependo disso, mas prometi que seria honesto.

Quando voltei da superfície, fiquei muito tempo deitado ao lado de Cérbero, fazendo carinho nele. Acho que se passaram anos, talvez até décadas. Um dia, Caronte veio me procurar e pediu que eu lhe explicasse por que havia mortos de novo. Eu tinha esquecido de contar para ele. Ele ficou bravo, mas, na verdade, eu não me importei. Expliquei a ele o que Zeus tinha me contado e, então, ele me disse que só levaria em seu barco os mortos que lhe dessem um óbolo.

— Um óbolo? A pedra com desenhos que você me mostrou?

— Não é uma pedra, sr. Hades — respondeu, irritado.

— Não importa o que seja, mas para que você precisa de óbolos?

Caronte bufou.

— O senhor não se dá conta porque não tem que lidar com eles, mas eu sim, sr. Hades.

— Do que não me dou conta?

— Os mortos da primeira geração de humanos ainda iam, mas esses... Esses são... Olhe, quando chegam ao submundo, eles nem olham na minha cara, nem me cumprimentam, nem mostram o menor respeito, eles sobem no meu barco e esperam que eu os leve como se fosse seu escravo. E estou cansado, sr. Hades! Mereço respeito! E além do mais, gosto de óbolos! — gritou.

Ele estava muito irritado e eu o entendia, por isso, depois de tudo o que tinha feito por mim e o que esperava que fizesse, não ia lhe criar nenhum problema.

— Tem razão, Caronte. Você merece respeito, não me parece certo como te tratam.

Ele se acalmou e baixou a cabeça sutilmente em forma de agradecimento.

— Mas o que aconteceria se um morto não lhe trouxesse um óbolo ou lhe desrespeitasse? O que você sugere? — perguntei.

— Eu o lançaria no Estige com um golpe de remo e deixaria que vagasse pelos rios do submundo durante duzentos anos, sr. Hades.

Dava para ver que não ia com a cara dos humanos.

— Caramba, Caronte... Não acha que isso é um pouco exagerado?

— Com todo o respeito, sr. Hades, o senhor não está lá, não sabe o que é ter que aguentá-los.

Isso era verdade. Mas me deu pena e tive que negociar um pouco.

— Tudo bem, tudo bem. O que acha de mantermos o óbolo e isso de lançá-los ao rio, mas em vez de duzentos anos, ficamos com cinquenta?

Ele ficou alguns segundos em silêncio, olhando para o chão. Estava pensando. Então, levantou de novo seus olhos irritados para mim.

— No mínimo cem, sr. Hades.

Aceitei. Estendi a mão para ele e formalizamos o procedimento. Então, vocês já sabem, se só passarem um século nadando pelos meus rios, isso é graças a mim. De nada.

— Muito obrigado por aceitar minha proposta, sr. Hades.

— Estamos aqui para isso.

— Agora só falta os humanos ficarem sabendo. Talvez deva avisar o seu irmão, sr. Hades.

— Porra... É sério?

Eu não estava nem um pouco a fim de ver alguém da minha família, muito menos Zeus.

— Duvido que algum morto espalhe a notícia até chegar aos vivos, sr. Hades.

Ele tinha razão, eu precisava informar o meu irmão, senão ele ia se irritar.

— Tudo bem. Já estou indo.

Caronte se despediu e partiu com seu barco para retomar suas obrigações. E eu fiquei ali mais um pouco, apoiado no lombo de

Cérbero. Fiquei ansioso por ter que voltar à superfície, mas precisava fazer isso.

— Vamos, mais uma vez — disse a mim mesmo para me animar.

Não acredito que vocês nunca falem sozinhos.

— Uma última vez e pronto, eu me tranco no meu reino para o resto da vida e não volto a sair nunca mais. Vamos lá, Hades!

Levantei-me de um salto. Cérbero latiu.

— Agora não, Cerbe, tenho que ir.

Olhei para cima e vi que também dava para sair pela guarida do meu cão. Nunca tinha feito isso antes, e estava com preguiça de ir até a minha margem podendo sair por ali. Assim, me propulsei e a terra me engoliu. Não sei se foi porque o caminho era diferente do de sempre ou o quê, mas não senti tanta dor de cabeça, ao menos durante o trajeto. Emergi na superfície a toda velocidade e bati numa árvore.

— Ah! Droga! — gritei.

Tinha dado uma baita pancada. Parecia que, por uma coisa ou por outra, minha cabeça tinha que sofrer. Fiquei preso entre os galhos daquela planta espessa e tentei sair do jeito mais fácil, mas não teve jeito. E quando estava prestes a arrebentá-la, ouvi vozes se aproximando.

— Vamos brincar de esconde-esconde? — perguntou uma.

As outras riram. Eu fiquei quieto, estava curioso. Elas pararam bem debaixo da árvore onde eu estava, pude vê-las. Eram cinco. Quatro delas eram ninfas, sem dúvida, e eram as que riam. A quinta... era cinza, mas nesse momento eu não dei importância àquilo. Primeiro a vi de costas, tinha o cabelo comprido e ondulado, de uma cor verde com tons avermelhados. Virou-se para as ninfas e aí então pude ver seu rosto. Não sei o que mais elas disseram. Fiquei abobado. Tinha uns olhos bem grandes e bonitos, de um azul-claro que me parecia muito familiar, mas também não dei importância àquilo. Era linda, era o ser mais belo que eu já tinha visto em toda a minha existência, queria olhar para ela o tempo todo. *O que estava acontecendo comigo? O que era isso que eu estava sentindo no estômago?*, pensei. Era como se tivesse alguém dentro de mim me fazendo cócegas. E se eu tivesse engolido alguma coisa quando bati na árvore? Estava muito confuso, mas não conseguia parar de olhar para a do cabelo verde-avermelhado.

Elas começaram a se mover e deixaram de estar no meu campo de visão. Queria vê-la de novo, mas só ia conseguir me desenroscar destruindo a árvore, e isso podia assustá-las se escutassem. Ouvi a voz delas se desvanecendo e, quando parei de ouvi-las, me sacudi e destruí a árvore. Pousei no chão na ponta dos pés e fiquei em silêncio. Olhei para onde tinham ido e, ao longe, pude vê-las caminhando como se nada tivesse acontecido. Não tinham se dado conta de nada. Iam por um pequeno caminho de terra, eu as segui entre os arbustos.

— Só quero curtir um tempo sem ninguém em volta, não estou pedindo muito — disse a verde-avermelhada.

— Não podemos te deixar sozinha, você sabe, Kore — respondeu uma das ninfas.

Que nome mais lindo, Kore, pensei. Ela estava usando um vestido longo combinando com seu cabelo. Eu estava escondido atrás de umas árvores, a uma distância prudente, mas tinha vontade de sair dali e... abraçá-la, vê-la mais de perto. Mas se fizesse isso ia assustá-la, e não era o que eu queria. *Saberia quem eu sou?,* eu me perguntei. Naquele momento, não me atrevi a descobrir. Eu as segui durante um tempo, até que chegaram a uma cabana, que era bem grande, e as cinco se meteram ali dentro. Quando deixei de vê-la, as cócegas do meu estômago se transformaram em beliscões. Sua ausência me doía. *Sentia falta dela? Não pode ser,* pensei. Isso não podia ser normal, não tínhamos trocado nem uma única palavra, ela nem sequer tinha me visto. Só a tinha observado durante aquele curto tempo, o que estava acontecendo comigo? Eu me senti mal, fui invadido por uma tristeza tremenda. Achava que alguém tinha me enfeitiçado, que estava brincando comigo, porque sentia coisas novas, cujo significado desconhecia. Quanto mais olhava para aquela cabana, mais sentia, então fugi e voltei para o meu reino. Aterrissei onde estava Cérbero e lá encontrei Caronte, esperando por mim.

— Sr. Hades, estava procurando pelo senhor, não sei se já falou com o deus Zeus, mas Hermes já informou todos os humanos, olhe.

Eu tinha me esquecido completamente de que tinha saído para falar com meu irmão. O barqueiro me mostrou um saco cheio de óbolos. Estava muito contente.

— Fico feliz — respondi, seco.

— Está se sentindo bem, sr. Hades? Aconteceu alguma coisa?

Apontou para a minha barriga. Eu estava com a mão lá, como se isso aliviasse a minha dor, mas era apenas um reflexo. Hesitei em lhe contar o que tinha acontecido ou em guardar para mim. Caronte sempre me dava bons conselhos e me ajudava a resolver meus problemas. Então, decidi contar para ele. Expliquei tudo desde que saí à superfície até que a vi entrar naquela cabana, e o que senti durante aquele percurso.

— E por que não lhe disse nada, sr. Hades?

— Tinha medo de que se assustasse...

— Entendo, mas não tem por que se assustar, pode se dirigir a ela como faria com qualquer um, sr. Hades.

— É... Mas me dá pânico.

O barqueiro riu um pouco.

— Os deuses são propensos a ter esses sentimentos tão fortes e extremos por outros seres. Para o resto das divindades, especialmente as mais antigas, isso não acontece tanto, por isso, sr. Hades, é complicado para mim simpatizar com o senhor.

Abaixei a cabeça, frustrado. Era a primeira vez que Caronte não me dava um conselho claro e direto.

— Mas por que não a traz para cá? Talvez assim seja mais confortável falar com ela, sr. Hades.

Claro, ao estar longe do meu reino... Talvez por isso não tenha me atrevido. *Tinha que trazê-la para cá,* pensei.

— Que boa ideia, Caronte! Até poderia convidá-la para ficar alguns dias ou... quem sabe quanto! — exclamei, emocionado.

— Bem... — murmurou o barqueiro.

— O que foi?

— Ficar onde, sr. Hades? O senhor não tem aposentos, um dia dorme com Cérbero, outro com Hidra, outro no campo dos mortos bons... Precisa de um lugar, precisa...

— Preciso da minha cabana.

Caronte tinha razão, eu tinha me tornado uma espécie de deus nômade. Kore vivia em uma cabana e certamente teria sua cama, seu banheiro e tudo mais. Não podia trazê-la aqui e esperar que dormisse no chão, rodeada de mortos ou com um cão de três cabeças, não ficaria à vontade.

— Mais que uma cabana, sr. Hades, precisa de um palácio, não acha?

— Claro! Como sou tonto... Tenho que impressioná-la!

— Bem, não só para isso. O senhor é o deus do submundo, sr. Hades. Assim como seus irmãos não vivem nem dormem na grama do Monte Olimpo e criaram seu próprio templo, o senhor deveria fazer o mesmo.

O barqueiro voltava a ter razão, eu não podia ficar rodeado de mortos, não importa quão boa vida eles tivessem tido. O melhor lugar do meu reino não deveria ser os Campos Elísios, mas a minha maldita casa.

— Chega de conversa, vamos fazer isso agora mesmo, siga-me.

— Mas há mortos esperando, sr. Hades.

— Fodam-se os mortos! Isto é muito mais importante.

Caronte concordou sem insistir mais. Eu subi no seu barco e fomos rumo aos Campos Elísios. Se devia ter um palácio, queria que fosse ao lado daquele campo de frutas.

22

— O QUE ACHA DAQUI?

— Acho que o senhor não poderia ter escolhido um lugar melhor, sr. Hades.

Estávamos no espaço que havia entre os campos de Asfódelos e os Elíseos, com aquele contraste de que lhes comentei antes, mas na parte de trás das cavernas onde vi Hidra e Cérbero pela primeira vez, aquele último continuava lá. Ou seja, podia construir o meu palácio aqui sem que afetasse ninguém. O chão era pura pedra preta e brilhante. Eu agachei e grudei a orelha nele, não se ouvia nada, a profundidade era quilométrica.

— Se vou fazer isso, faço direito, certo? — perguntei.

Caronte sorriu.

— O senhor sabe o que fazer, sr. Hades. Confie.

Maldito velho encantador, como eu gosto dele. Eu me concentrei, tinha em minha mente o que queria. Assim, estiquei os braços e abri as mãos com a palma virada para o chão. Todo o submundo começou a tremer, mas eu não, eu estava ancorado na pedra. Pouco a pouco, fui levantando os braços e com eles o chão. Algumas estruturas pontiagudas se ergueram como se estivessem esperando por mim havia algum tempo, até que pararam a poucos metros do teto. Baixei o olhar e retrocedi vários passos. Era apoteótico. Mais que um palácio, parecia um castelo, era largo como um estádio e alto como um arranha-céu. Da base principal emergiam torres afiadas, algumas se contorciam e criavam espirais incríveis.

— Se não a impressiono assim, já não sei mais como.

Caronte não disse nada, estava boquiaberto admirando minha obra. Levantei a mão direita, apontei para o centro da base e desenhei duas portas gigantescas que apareceram assim que sacudi os dedos. Desenhei uma das maçanetas como uma cabeça de Hidra e a outra, como uma de Cérbero. Eu sei, sou adorável.

— Entramos?

— Sim, claro, sr. Hades.

O lado de dentro era da mesma cor da pedra, havia tochas a cada dois metros, que se acendiam quando detectavam movimento e as chamas mudavam de cor. A entrada era ampla e tinha um percurso de uns cem metros que levava a um saguão circular com escadas majestosas que, a meio caminho, se dividiam em duas, uma para a direita e a outra para a esquerda. Ambas levavam a corredores com inúmeros cômodos; alguns eram quartos e outros, salas de estar.

— É incrível, sr. Hades.

— Não é? — exclamei, orgulhoso.

— Sim, sim... Mas onde está o seu quarto, sr. Hades? Se me permite, não deveria estar com o resto?

Eu o interrompi com um estalo que provocou um tremor nas escadas. As duas que divergiam começaram a se mover e, pouco a pouco, se uniram. Nós as subimos até o final e fomos levados a uma parede. Desenhei outra porta, menor do que a principal, e fiz a maçaneta com uma faísca do rio Flegetonte, se algum morto perdido e atrevido tentasse entrar em meus aposentos. Ao menos ouviria seu grito antes de entrar. O que para vocês seria um alarme, não é? Cruzamos a porta, era outra sala oval, mas em vez de escadas havia...

— Dois tronos, sr. Hades?

— O que foi? Rápido demais? Acha que ela não vai querer ficar?

Caronte suspirou, estava ficando um pouco desesperado.

— Com todo o respeito, sr. Hades, ainda acho que não deveria construir seu palácio pensando em...

— Kore, o nome dela é Kore. É um nome muito bonito, como ela. Bem, ela é mais bonita do que um nome de quatro letras, obviamente.

O barqueiro suspirou de novo.

— Olhe, Caronte, não se preocupe, se ela não quiser ficar, eu tiro o trono dela e pronto, sem problema nenhum.

Eu disse aquilo com muita calma, mas nem considerava a possibilidade de que ela não quisesse ficar. Os tronos eram do mesmo tamanho que o de Zeus, mas, em vez de ouro, eram feitos da mesma pedra do resto do castelo, já que tudo emergia do próprio chão do meu reino. Tinham frisos sinuosos de esmeralda que percorriam as bordas do encosto e dos braços. Atrás dos tronos, havia outro corredor aberto que levava ao quarto principal, que não vou contar como é, por isso, usem a imaginação ou tentem entrar lá quando sua hora chegar, se tiverem coragem.

— Mas você gostou ou não? — insisti.

— Gostei, sim, é majestoso, sr. Hades, mas...

— Então, é isso, não se preocupe com o resto — eu o interrompi, dando-lhe dois tapinhas no ombro.

Caronte olhou para mim, confuso. Acho que eu nunca tinha tocado nele antes, muito menos assim. Merda, estava me transformando no meu irmão?

— Eu já vou, sr. Hades, os mortos estão me esperando.

— Sim, sim, vamos embora.

Saímos do meu castelo em silêncio, foi muito estranho. Ele foi em direção ao barco, mas eu fiquei em terra.

— Não vem, sr. Hades?

— Acho que vou voltar à superfície.

— Tem certeza, sr. Hades?

Eu ri.

— Claro que tenho certeza.

— Se precisar de alguma coisa, se tiver alguma dúvida, pode me perguntar, sr. Hades. Estou aqui para ajudá-lo e para servi-lo, está bem?

Senti que falava comigo como se eu fosse um adolescente experimentando o primeiro *crush*. Bem, talvez eu fosse.

— Muito obrigado, vou me lembrar disso — respondi, com um sorriso.

Tinha a sensação de que Caronte se sentia na obrigação de cuidar e proteger o submundo, entre outras coisas, de mim e das minhas terríveis decisões. Mas eu não me importava nadinha com o meu reino, fui obrigado a passar o resto da eternidade aqui e a única coisa que queria era não ficar sozinho.

23

Pulei, e a terra me levou de volta à superfície. Foi a primeira vez que minha cabeça não sofreu nenhum dano. Passei muito tempo procurando por ela, tinha que tomar cuidado para que não me vissem, mas não as encontrei, então, fui até sua cabana escondido entre os arbustos. Quando cheguei, elas estavam entrando. Já tinha dado tantas voltas que Hélio já estava devolvendo o carro do sol ao seu palácio. Mal consegui ver Kore, de perfil, entrando com as ninfas, mas foi o suficiente para sentir outra vez aquelas malditas cócegas no estômago. Pensei em voltar ao meu reino, ao meu castelo, e passar minha primeira noite lá. Mas não queria correr o risco de me perder de novo tentando encontrá-la. Então fiz aparecer meu maravilhoso capacete de invisibilidade, aquele que o ciclope Brontes fez para mim para a Titanomaquia. Decidi passar a noite ali, cercado daquela vegetação da qual os da superfície podiam desfrutar, mas sem correr o risco de que alguém me visse enquanto dormia. Coloquei o capacete, me deitei e, pouco depois, adormeci. Na manhã seguinte, o barulho de gente rindo e correndo me acordou. Abri os olhos e lá estava ela, diante de mim, a menos de um metro de distância, pulando e rindo, tentando pegar uma borboleta. Se existia alguma possiblidade de que todos os meus despertares fossem assim, ia tentar consegui-lo. Levantei, disposto a falar com ela, a lhe dizer... qualquer coisa. "Oi, quer se casar comigo?" Bem, isso talvez não. Pelo menos não de primeira. "Sou Hades, quero acordar ao seu lado para sempre." Droga, isso também não. Como estava usando o capacete e não me viam, fiquei ensaiando gestos, posturas, possíveis aparições para me apresentar, mas nada me convencia, estava muito nervoso. Além do mais, as ninfas não se separavam dela nem por um segundo, e eu queria um pouco de privacidade.

— Peguei uma, olhe! — gritou uma ninfa.

As outras, incluindo Kore, foram na sua direção. Eu também me aproximei.

— Ah, como é linda — disse Kore.

Você que é linda, pensei. Era uma borboleta com as asas azuis e círculos amarelos e pretos por dentro. Sim, era muito linda. De repente, apareceu outra atrás de Kore, mais espetacular do que aquela que estavam olhando, com as asas verdes e os círculos vermelhos e pretos. Parecia que tinha aparecido exclusivamente para Kore, mas ninguém a viu, exceto eu. E tive uma ideia. Fui até ela, a peguei com delicadeza e a cobri com as mãos. Como estava usando o capacete, tudo em mim ficou invisível, mas a borboleta não. De fora, parecia que a borboleta continuava voando. Eu me aproximei de Kore por trás e soprei sua nuca para que ela se virasse. Ela o fez e viu aquele inseto, ainda mais lindo que o anterior, se afastar aos poucos. Ela seguiu a borboleta, ou seja, nos seguiu. As ninfas estavam tão concentradas na outra que nem perceberam. Eu estava me movendo rápido o suficiente para que ela não me pegasse, e lento o suficiente para que não me perdesse. Chegamos a um lago pequeno. Tínhamos nos afastado apenas o suficiente para deixar que Kore pegasse aquela criatura linda, mas, quando fui soltá-la, ela tentou pegá-la e encontrou as minhas mãos. Fiquei imóvel. Até o vento parou de soprar, a única coisa que se ouvia era o bater das asas da borboleta. Achei que ela sairia correndo, que gritaria ou que pediria ajuda às ninfas, mas não, não se assustou, passou suas lindas mãos pelos meus braços até chegar à minha cabeça e tocar o capacete.

— É por isso que eu não lhe vejo?

Não sei se me surpreendeu mais que me dirigisse a palavra ou que tivesse chegado àquela conclusão tão rápido.

— Sim.

Felizmente, aquilo exigia uma resposta curta. Eu estava tão nervoso e minha voz tremia tanto que não sei se teria sido capaz de juntar duas sílabas.

— Posso? — perguntou.

Se vier morar no meu reino, poderá fazer o que quiser comigo, quero seguir atrás de você beijando o chão que você pisa. Não disse isso, obviamente, mas pensei intensamente.

— Sim.

Pude recorrer outra vez a um monossílabo. Ela colocou as mãos no capacete, uma de cada lado e, com cuidado, o levantou... até que fiquei visível. Não sei o que ela sentiu naquele momento, só vi o brilho em seus olhos e sua boca entreaberta. Não houve mais tempo, as ninfas se aproximavam depressa em busca de Kore. Podia ter ficado lá, esperado as ninfas chegarem, conversado um pouco com todas ou, simplesmente, ido embora e pronto. Mas tomei outra decisão. Soltei a borboleta, peguei meu capacete e segurei a mão dela.

— Você vem comigo, Kore.

Sem lhe dar tempo para dizer nada, nem sequer para pensar no que poderia dizer, a terra nos engoliu como uma hiena faminta e em menos de um piscar de olhos pousamos no meu reino.

— O que... aconteceu? — perguntou.

Estava muito assustada, com o olhar no chão e me segurando pelos braços com muita força. Meu nervosismo ficou na superfície.

— Calma, não tenha medo.

Coloquei uma mão no seu queixo e levantei seu rosto aos poucos, até que seus olhos o acompanharam.

— Bem-vinda ao meu reino.

Estávamos diante do meu castelo. Ela ficou tão impressionada ao vê-lo que cambaleou de fraqueza.

— Tudo bem?

— Sim, bem... Estou com dor de cabeça...

É claro, a viagem.

— Espere, sente-se.

Estalei os dedos e uma cadeira emergiu do chão. Seus lindos olhos azuis quase saltaram.

— Co... como você fez... isso? — perguntou, gaguejando.

— Como fiz o quê, exatamente?

Ela riu. Não é por nada, mas eu estava me saindo superbem, fiquei surpreso de como estava tranquilo.

— Lá dentro eu tenho outra cadeira para você, é muito mais confortável. O que você acha?

Ela hesitou. Olhou para os lados e para cima.

— Não acho que minha mãe ficaria muito feliz.

— Sua mãe...?

— É, sim, parece ótimo! — ela me interrompeu.

Naquele momento, não insisti no que ela tinha querido dizer com aquilo, estava morrendo de vontade de mostrar minha casa para ela. Passamos muito tempo passeando por todos os corredores, lhe mostrei todos e cada um dos salões, quartos... Até pulamos por uma janela e demos uma volta pelos telhados.

— Que lugar é esse? — perguntou, apontando para o Campo de Asfódelos.

— Esse campo é para onde vão os mortais que foram bons... ou não muito ruins.

— O que você quer dizer com isso?

— Está vendo aquelas flores brancas que eles estão comendo?

Ela assentiu com a cabeça.

— Elas se chamam asfódelos e não têm gosto de nada.

Ela riu. Eu também.

— Não acredita em mim?

— Claro que não acredito em você. Ha, ha, ha! Têm que ter gosto de alguma coisa, Hades.

Fiquei em silêncio. Foi estranho ela ter dito meu nome, não tínhamos nos apresentado.

— O quê? Achou que eu não soubesse quem você é?

— É, bem...

— O estranho é que você soubesse o meu nome.

— Vou buscar um asfódelo! — eu a interrompi.

Pulei do telhado e caí entre as flores, espantando os mortos que vagavam pelo campo. É claro, eu não ia lhe contar que a tinha espionado e que por isso sabia o nome dela. Fiquei feliz por ela saber quem eu era, me senti... importante, famoso, relevante. Não sei. Além do mais, parecia que estava à vontade aqui comigo. Era uma sensação muito agradável. Arranquei algumas daquelas flores sem gosto e pulei de volta no telhado. Mas Kore estava chorando desconsoladamente. Eu me assustei e deixei cair os asfódelos, que se precipitaram castelo abaixo. Fiquei ali parado, quieto, como um idiota, sem saber o que fazer ou dizer. Olhei ao redor para ver se tinha alguém vindo, alguma alma perdida que a tivesse assustado, alguma das Erínias com vontade de gritar com ela, mas não vi nada. Não entendia o que podia ter acontecido.

— O que foi?

Ela não respondeu, acho que tentou, mas estava chorando tanto que começou a soluçar e não conseguia articular nenhuma palavra.

— Ah! Eu sei como resolver isso. Olhe, segure a respiração.

Kore olhou para mim, confusa.

— Também não acredita nisso? Vamos, solte todo o ar e, então, cubra o nariz com uma mão e a boca com a outra, está bem?

Ela começou a soltar o ar, mas o soluço a interrompia.

— Faça assim: espere vir outro e, em seguida, solte todo o ar.

Bufou e assentiu. Esperou alguns segundos e veio de novo.

— Agora.

Ela soltou todo o ar como se sua vida dependesse disso e cobriu o nariz e a boca.

— Muito bem! Conte até dez.

— E dez! — exclamou, tirando as mãos do rosto.

Esperamos mais alguns segundos e o soluço não voltou. Kore suspirou aliviada.

— Melhor?

— É a primeira vez que não preciso esperar passar. Quem lhe ensinou isso? — ela me perguntou, enquanto enxugava as lágrimas.

— Meu irmão Poseidon. Bem, ele não me ensinou, eu o vi fazer. Ele sempre gostou do mar, desde antes de ser seu deus, e percebi que sempre que ele tinha soluço ele pulava na água. Perguntei-lhe porquê e ele me disse que se parasse de respirar debaixo da água, o soluço passava. Então, cheguei à conclusão de que se você não quisesse mergulhar, devia tapar a boca e o nariz.

— Ah... Como você é esperto, hein?

Eu ri.

— Não sente falta da sua família aqui embaixo? — ela me perguntou.

— Sim, mas quando os vejo passa.

Então ela riu.

— É por isso que você estava chorando antes? — perguntei.

Aos poucos, sua risada desapareceu.

— Pode me levar de volta para as minhas ninfas, por favor?

24

Por aquilo eu não esperava. Tínhamos acabado de chegar, estávamos nos divertindo, tinha mostrado meu palácio para ela, não tínhamos parado de rir o tempo todo e eu não queria que acabasse.

— O que você está falando?

Olhou para mim, confusa. Estava claro o que ela tinha me pedido.

— Você pode me levar até as ninfas?

— Por quê? Não está à vontade?

Kore começou a se sentir muito desconfortável.

— Não, quer dizer, sim, estou à vontade, mas...

— Então, qual é o problema? — eu a interrompi.

Eu estava insistindo muito, eu sei. Não queria me separar dela.

— Hades, por favor...

— Por favor o quê? Do que você precisa? Eu consigo para você.

— Acabei de lhe dizer, preciso que me leve de volta para a superfície.

— Isso não é o que você quer de verdade, Kore.

Ficou pálida. Seu olhar transmitia pânico. Eu me senti mal e segurei a mão dela para acalmá-la, ela estava tremendo como uma flor no meio de um furacão. Ela não se afastou, nem tirou a mão, simplesmente ficou parada, apavorada.

— Não tenha medo, não vou te machucar, está bem?

Ela me olhou com o canto do olho e sorri para ela. Ela assentiu sem mudar nem um pouco do seu rosto. Fiquei tranquilo, pensei que tinha conseguido reconquistar sua confiança, ainda que, claramente, estava tão assustada que faria qualquer coisa que eu lhe dissesse. Eu a ajudei a se levantar, a peguei nos braços e a levei de volta para dentro do castelo. Pensei em levá-la para a sala dos tronos, mas ela não estava bem e eu queria que estivesse quando fosse lhe mostrar seu futuro quarto, então a deixei em um dos muitos quartos que havia nos vários corredores.

— Aqui você poderá descansar.

Assim que a soltei, ela se separou de mim como se estivesse em chamas. Sua reação me incomodou, mas eu não disse nada. Recuei.

— Se precisar de alguma coisa, diga meu nome e aparecerei.

Kore assentiu. Dei meia-volta e saí do quarto. Fechei a porta e fiquei alguns segundos olhando para a maçaneta. Pensei em criar uma trava ou um cadeado para evitar que ela fugisse, mas não achei necessário. *Para onde iria?,* pensei. Não tinha escapatória. Por isso, fui para o meu quarto para descansar. Passei horas perambulando, me sentei no meu trono de todas as formas possíveis e impossíveis, minha cabeça estava a mil, meus pensamentos saíam pelas orelhas. Fiquei preocupado por ela querer ir embora, mas não ia permitir isso. Era a candidata perfeita para ocupar o segundo trono e me fazer companhia em meu reino solitário. *Tenho que fazê-la querer ficar, mas como?,* pensei. Havia passado muito tempo desde que a deixara naquele quarto, então, como não tive nenhuma outra ideia, fui ver como ela estava. Voei até o corredor do seu quarto temporário e vi que a porta estava fechada, bati duas vezes e esperei. Ninguém respondeu. *Talvez eu tenha batido leve demais,* pensei. Bati duas vezes mais, desta vez mais forte e mais alto, e nada.

— Kore? Posso entrar?

Não respondeu. *Deve estar com raiva de mim porque não a levei até suas ninfas,* pensei. Voltei a bater à porta, bem mais forte.

— Se você não abrir, vou entrar!

Nada.

— Eu avisei! Estou entrando!

Abri a porta e entrei no quarto, mas ela não estava lá.

— Puta que pariu... Kore? Kore!

A cama estava intacta. Eu a levantei para ver se ela estava escondida embaixo, mas não. Abri todos os armários e móveis esperando encontrá-la encolhida dentro de algum deles, mas não havia sinal dela. *Ela não pode ter ido muito longe, ainda deve estar no palácio,* pensei. Saí daquele quarto e fui ver os outros, revistei todos os cômodos, um por um, não pulei nem um metro quadrado. Mas nada. Continuei revirando todo o palácio, azulejos, sótãos, janelas, espelhos... Nada de nada. Kore não estava lá, tinha fugido. Entrei em pânico, meu reino era um lugar tranquilo e seguro se você fosse eu, mas senão era preciso conhecê-lo bem para saber por onde ir e por onde não ir, e ela não se aplicava a nenhuma das duas situações. *Devia tê-la levado até as ninfas. Se alguma coisa acontecer com ela, a culpa vai ser minha!,* dizia a mim mesmo, enquanto corria em direção à porta de saída. Nem parei para abri-la, a arrebentei com uma cabeçada, mas ela se refez de imediato. Respirei fundo para gritar seu nome, mas houve um contratempo.

— Tudo bem, sr. Hades?

Caronte estava me esperando a poucos metros do meu palácio.

— Porra! Que susto...

— Para onde vai tão exaltado, sr. Hades?

Poderia ter sido sincero, já tinha lhe contado sobre Kore, mas não acho que ele ficaria feliz que uma estranha estivesse perdida no submundo.

— Para lugar nenhum. Estava... praticando minhas habilidades, caso haja uma Titanomaquia 2.0.

— Sei.

— E você? O que está fazendo aqui? Não tem mortos para transportar?

— É sobre isso que eu queria falar com o senhor. Há muitos.

Bufei.

— Já estou um pouco cansado desse assunto.

— Sr. Hades...

— Algum dia você ficará feliz com a quantidade de mortos? — eu o interrompi.

Ficou em silêncio.

— Porque quando não são poucos, são muitos, e quando não são muitos, são poucos — acrescentei.

O barqueiro continuava sem dizer nada.

— Responda — ordenei.

— Os humanos estão morrendo de fome, sr. Hades.

— Eu não lhe perguntei isso.

— Faz dias que não colhem nada.

Eu ri.

— Pois que colham melhor, o que você me diz? Era só o que me faltava, vamos. Até onde sei, eu sou o deus do submundo, e quem se encarrega do que sai ou não sai do maldito solo é minha irmã Deméter.

— Isso mesmo, sr. Hades, mas a deusa Deméter deixou de lado seus trabalhos agrícolas para chorar pelo desaparecimento de sua filha. Seu nome é Kore, como aquela do cabelo verde-avermelhado de que o senhor me falou.

Ai, a titânide que me pariu.

25

Fiquei chocado. Kore era a filha de Deméter, eu tinha sequestrado a minha sobrinha. Quer dizer, sim, eu sabia que ela era uma deusa, tinha reparado na cor da pele dela, mas nunca imaginei que fosse descendente de Deméter. Lembrei-me da minha última visita ao Olimpo, naquela época ela estava grávida! Mas... seria dela?

— Quem é o pai?

— Seu irmão Zeus, sr. Hades.

Sim, era dela. Dei um chute no chão, e todo o submundo retumbou.

— Onde está Kore, sr. Hades?

Não valia a pena continuar mentindo para ele. Dei de ombros e sacudi a cabeça. O barqueiro suspirou.

— O que significa isso, sr. Hades?

— É, eu não sei — respondi, envergonhado.

Ouviu-se um barulho de madeira, Caronte estava tão irritado que apertou demais o remo e o rachou. Decidi lhe contar tudo o que tinha acontecido, desde que a trouxe da superfície até aquele momento.

— Tem certeza de que não está lá, sr. Hades? — perguntou, apontando para o meu palácio.

Rachou o remo de novo.

— Você vai acabar quebrando-o...

Uma coisa muito curiosa sobre Caronte é que sempre teve a capacidade de se mostrar inexpressivo enquanto vivia uma hecatombe por dentro.

— Vou ajudá-lo a procurá-la, sr. Hades.

— E os mortos?

— Como diria o senhor: "Fodam-se os mortos! Isto é muito mais importante".

Acho que aproveitou que estava me imitando para expressar um pouco seus sentimentos. Não me importava se as almas se acumulavam ou se eram atiradas no Estige. Por isso, aceitei de bom grado a ajuda do barqueiro. Tínhamos perdido muito tempo conversando, e eu temia por Kore.

— Acho que devíamos começar a procurar no Tártaro, sr. Hades.

— Isso, vamos começar pelo pior.

Nós nos dirigimos depressa até lá andando, não me atrevi a voar, queria observar bem cada centímetro do meu reino, olhando para o chão e para todos os lados, para ver se encontrávamos alguma pista ou rastro que nos levasse até ela. Mas por mais concentrados que estivéssemos, isso não nos impediu de conversar.

— Como você sabia tudo isso sobre a Deméter?

— Por causa do Hermes, sr. Hades.

Parei de repente.

— Por acaso você não lhe contou que...?

— Não se preocupe, sr. Hades, ninguém sabe de nada por enquanto.

Que susto que eu levei. Por um instante, imaginei todo o Olimpo à procura de Kore no meu reino. Retomei o passo.

— E quando foi que ele te contou? Tenho a sensação de que tudo passou muito rápido. Quanto tempo faz que Kore está aqui?

— Hermes me disse hoje, mas os humanos estão sem comida há uma semana, sr. Hades.

Uma semana! Sete malditos dias desde que a trouxe aqui para baixo, lhe mostrei todo o palácio e, até agora, estávamos procurando por ela!

— Deve ser verdade que quando se está com a pessoa certa, Cronos conta mais rápido — disse, sorrindo como um adolescente mortal apaixonado.

— Seria bom saber se também passou tão rápido assim para ela, sr. Hades.

— O que está insinuando?

— Pelo que me contou, ela quis ir embora e o senhor a impediu, sr. Hades.

— Bem, vejamos, ela disse que queria ir embora, sim, mas isso não significa que quisesse, entende?

— Sei... e então, o que isso significa, sr. Hades?

— Eu não sei, e é por isso mesmo que queria que ela ficasse, para descobrir.

— Pensei que o senhor fosse diferente, sr. Hades.

— Eu também tenho o direito de ter uma esposa, e Kore é a candidata perfeita, só que ela ainda não sabe disso.

Caronte tentava me fazer ver que eu estava levantando todas as minhas *red flags*, mas o meu objetivo estava muito claro e não queria estar consciente de meus atos e minhas palavras. Continuamos caminhando, agora em silêncio, até que chegamos ao rio Flegetonte. Não tínhamos visto nada que indicasse que Kore tivesse passado por ali, mas atravessamos mesmo assim e chegamos ao Tártaro.

— Devíamos ver se ela caiu lá, sr. Hades — disse o barqueiro, apontando para o abismo.

Eu ainda estava traumatizado com a última vez que quase caí, por isso, pedi para ele. Concordou sem problemas. Ficou olhando durante algum tempo, a espera estava me matando, mas quando se virou para mim, negou com a cabeça. Suspirei de alívio.

— Onde vamos procurar agora? No Campo de Asfódelos?

— Sim, sr. Hades.

Estávamos prestes a sair, quando alguém começou a gritar.

— Isso veio do abismo? — perguntei.

Caronte correu de novo para lá, os gritos continuavam.

— Não tem ninguém gritando aqui em baixo, sr. Hades, acho que vem de trás do monte.

Comecei a correr, rodeando-o, até chegar a uma espécie de lago onde se via a cabeça de um homem. Ele me viu.

— Socorro! Por favor, tire-me daqui!

Tinha toda a pinta de ser um mortal. Parecia que não podia se mexer, atrás dele tinha uma árvore com frutos, dignos dos Campos Elísios, suspensa por cima da cabeça dele e, como se isso não bastasse, no alto havia uma pedra pronta para esmagá-lo a qualquer momento, daí sua aflição. Poucos segundos depois, chegou Caronte. O mortal aproximou sua mandíbula de um dos frutos, e o ramo se afastou à medida que ele se aproximava. Depois, abaixou a cabeça para beber da água do lago, mas esta diminuiu seu nível e se afastou da sua boca, até que o mortal desistiu e a água voltou ao seu estado anterior.

— Não consigo comer nem beber! Ajudem-me, por favor!

Fiquei boquiaberto.

— O que está acontecendo aqui?

— Tenho certeza absoluta de que esse mortal está cumprindo um castigo, sr. Hades.

— Um castigo? De quem? Porque meu não é.

— Zeus me castigou! — gritou o mortal.

— Meu irmão? Por quê? O que você fez?

— Pensei que estivesse com pressa de encontrar Kore, sr. Hades.

— E estou, mas quero saber o que está acontecendo aqui. Responda, mortal!

— Meu nome é Tântalo, sou rei da Frígia...

— Também não precisa me contar toda a história da sua vida! — interrompi.

Alguns mortais gostavam mais de falar que qualquer outra coisa.

— Desculpe!

— Conte-me por que está aqui ou não poderei ajudá-lo!

— Não pense que deva ajudá-lo, sr. Hades — sussurrou Caronte para mim.

Eu o ignorei.

— Fui convidado várias vezes para almoçar no Olimpo junto com outros reis mortais, e sempre que os deuses comentavam algo privado e eu escutava, depois contava ao meu povo para que se divertissem, era pura fofoca inofensiva, sem qualquer maldade, mas o deus Zeus se irritou muito comigo. Então, para que me perdoasse, convidei todo o Olimpo para um grande banquete em meu palácio e, para surpreendê-los e não lhes servir a comida dos mortais, matei meu filho e o servi de entrada. Mas Zeus também não gostou disso e ficou ainda mais zangado! Desde quando os deuses não gostam de que lhes façamos sacrifícios, hein? Que merda eu perdi?

Fiquei sem palavras, esses mortais estavam péssimos da cabeça.

— Minha nossa... O castigo me parece pequeno — murmurei para Caronte.

— Tenho certeza de que, se devolver Kore à sua mãe, Zeus lhe deixará mudar o castigo, sr. Hades.

— Vocês também não vão me ajudar? — gritou o mortal.

— Não, sinto muito! Venha, Caronte, vamos ao campo das flores insípidas.

Eu me virei para ir embora, mas o barqueiro me segurou pelo braço.

— Sr. Hades, ele disse "também".

26

Demorei para me dar conta. Pelas suas palavras, parecia que tinha pedido ajuda a outra pessoa.

— Você viu alguém passar por aqui antes de nós? — perguntei.

Ele me olhou de cima a baixo, de um modo suspeito.

— Você é o deus Hades, não é?

Fiquei ofendido por não ter reparado desde o princípio, mas não tinha tempo para me irritar.

— Como se atreve a falar assim com o deus do submundo? — exclamou Caronte, repreendendo-o.

— Calma, barqueiro. Sim, sou Hades. Agora responda à minha pergunta.

— Só se me ajudar a comer e a beber.

Não podia acreditar, era só o que me faltava, um maldito mortal me chantageando.

— Sr. Hades, vamos embora, não precisamos dele.

— Era uma mulher, parecia perdida e estava chorando — acrescentou Tântalo.

Droga, está claro que precisamos dele. Tentei controlar minha expressão de surpresa e me virei para Caronte.

— Tem que ser ela — sussurrei.

Eu não podia interferir nos castigos que meu irmão Zeus aplicava aos mortais, mas tinha que obter informações de Tântalo.

— Como era essa mulher?

— Não vou dizer mais nada até me darem algo para comer ou beber.

Abanei a mão direita e fiz aparecer uma maçã vermelha brilhante. O mortal arregalou os olhos como se fossem lhe saltar do rosto e começou a babar.

— Vou te dar a maçã, mas não pode comê-la enquanto não me disser como ela era e para onde foi.

— Tem certeza do que está fazendo, sr. Hades?

Eu o ignorei. Tântalo acenou com a cabeça como se sua vida dependesse daquilo, provocando pequenas ondas no lago. Soltei a maçã e a fiz voar até ele, mas a parei a poucos centímetros de sua boca. O mortal parecia hipnotizado pela fruta.

— A mulher... Sim... Tinha olhos... azuis... e cabelo verde... e vermelho... Foi para o mesmo caminho de onde vocês vieram...

Era Kore. Tântalo ia morder a maçã, mas estalei os dedos e a fiz desaparecer.

— Ei, cadê a maçã? Você me enganou, seu desgraçado!

— Vamos, Caronte.

O barqueiro e eu fomos embora enquanto o mortal não parava de me insultar.

— Pensou que eu fosse estragar o castigo de Zeus ou o quê?

— Desculpe, sr. Hades, eu o subestimei, ótimo trabalho.

Sorri, satisfeito. Sabíamos que Kore tinha ido até o Tártaro e dado meia-volta, estávamos fazendo o mesmo caminho que ela tinha feito. Daquela vez, fomos saltando até chegarmos ao Campo de Asfódelos. Não vimos nada pelo caminho, então, entramos no destino das almas irrelevantes. O ambiente era sombrio, as almas comiam flores feito vacas a pastar. O Tártaro era pior, mas pelo menos aconteciam coisas lá; isso era muito entediante.

— Se Kore passou por aqui, deve ter ficado ainda mais deprimida.

— Quanto tempo faz que não vem a este lugar, sr. Hades?

— Não muito, vim colher alguns asfódelos para que Kore provasse.

Caronte ficou muito nervoso e praticamente se jogou em cima de mim.

— Ela os comeu, sr. Hades? Ela os comeu?

— Ei, ei! O que está fazendo? O que há com você?

Ele estava muito perto de mim, olhando-me fixamente nos olhos. Estava esperando uma resposta.

— Responda, sr. Hades! — gritou.

— Não! Que droga! Ela não os comeu.

Caronte se afastou de mim e suspirou aliviado.

— Desculpe minha reação, sr. Hades, eu me assustei.

— Que desculpa que nada, o que foi tudo isso?

Ele não respondeu.

— Caronte?

— Nada de mais, sr. Hades, vamos continuar procurando Kore.

Qual era o problema com os asfódelos? Eu os tinha comido, ele também, e não tinha acontecido nada. Não entendia o motivo da sua reação, mas estava claro que era algo importante e eu precisava descobrir. O barqueiro retomou o passo e eu o segui. Não insisti, parecia que não ia me contar, ou que ia inventar qualquer coisa para eu não lhe perguntar. Continuamos andando por aquele campo em silêncio, a única coisa que se ouvia era o mastigar dos mortos. Era um pouco nojento, alguns comiam como se quisessem ser mandados para o Tártaro. Não havia sinal de Kore. Procuramos por toda parte e voltamos para tentar a sorte nos Campos Elísios, mas, assim que colocamos um pé fora dos asfódelos, um grito medonho alertou todos os habitantes do meu reino. No meio do Estige estava Hidra, muito furiosa, assustando todas as almas que vagavam por lá. Gritou outra vez, espalhando ainda mais pânico, os ouvidos dos mortais não eram capazes de suportar tantos decibéis.

— Não pode ser...

— O que está acontecendo, sr. Hades? Por que ela não está na sua guarida?

— Alguém a libertou!

Desesperado, procurei em todos os seus pescoços a coleira com que a deixava sempre acorrentada, mas não a encontrei. Estava muito nervosa e se mexia muito, por isso, fui até ela. Saltei e subi em cima dela.

— Shhhh, calma, pronto, calma...

Fiz carinho no seu lombo e nos seus pescoços, como ela gostava, e o ritmo da sua respiração diminuiu. Consegui inspecionar bem todas as suas cabeças, mas não havia sinal da coleira. Era muito estranho, como se nunca a tivesse usado, não havia nenhuma marca, nada. Só tinha uma explicação para isso. Contei as cabeças dela.

— Não posso acreditar...

Havia sete! Da última vez que a vi havia seis, e o único que a tinha decapitado tinha sido eu! Alguém tinha cortado uma cabeça para soltá-la, mas para quê? Quem? Kore?

— Caronte, cortaram uma cabeça da Hidra!

Eu me virei para o campo, mas não o vi.

— Caronte?

Ele não estava lá. O barqueiro tinha desaparecido.

27

Primeiro Kore desapareceu, e agora Caronte. ***Que coin-*** *cidência,* pensei. Mas não era o momento de me preocupar com o barqueiro, nem mesmo com Kore. Antes, precisava levar Hidra para o seu lago e tentar descobrir o que tinha acontecido.

— Leve-me ao Lerna — sussurrei para ela.

Cavalguei ao lombo do meu monstro precioso. No caminho, aproveitei para dar uma olhada ao redor, para ver se localizava Kore ou o barqueiro, mas, mais uma vez, nada. Só consegui ver os destroços que a pobre Hidra tinha deixado pelo caminho.

— Não sei quem machucou você, mas vai se arrepender.

Uma de suas cabeças sorriu para mim. Entramos no túnel rochoso que levava até o lago, não me lembrava de ser tão estreito. *Espero que não cortem mais nenhuma cabeça da Hidra*, pensei, *senão não irá escapar.*

— Deixe-me em paz! — gritou alguém.

Parecia a voz de Kore.

— Mais rápido!

Aceleramos o passo e, depois de alguns segundos, vi a luz do lado de fora.

— Pare, pare!

Hidra grunhiu. Normal, eu a estava deixando zonza, mas, no último instante, achei melhor não aparecer em grande estilo e observar primeiro quem estava ali. Paramos a poucos metros da saída, desci e lhe fiz um gesto para que ficasse quieta e em silêncio.

— Por que deveria confiar em você? — exclamou a mesma voz.

Estava muito convencido de que era ela, estava a poucos passos de descobrir. Finalmente cheguei e, sim, lá estava Kore. Mas não estava sozinha, havia mais alguém.

— Eu lhe disse para fugir por aqui, pensei que já tivesse ido embora. Até levei a Hidra para você!

Aquela voz, aqueles erres...

— CARONTE!

Os dois se viraram para mim, assustados.

— Senhor... sr. Hades! Olhe, eu a encontrei!

— Como assim, a encontrou? Seu mentiroso! Eu ouvi você.

Ele não respondeu.

— Maldito traidor, nojento... Você machucou a Hidra!

— Desde quando se importa com a Hidra, sr. Hades? — perguntou com sarcasmo.

Corri até ele e lhe dei um soco forte na cabeça que o mandou para o fundo do lago. Kore gritou de susto. Ao vê-la, meu estado de ânimo mudou por completo, foi como ver o arco-íris pela manhã depois de uma noite horrível de tempestade. No caso dela, foi todo o contrário.

— O que aconteceu? Onde você estava?

— Eu... é... ele... foi me buscar... porque minha mãe... está triste...

Enquanto ela tentava articular essa frase, o barqueiro saiu da água. Estava visivelmente irritado, o que era raro para ele. Podia me derrotar se nos enfrentássemos, e mais, me atreveria a dizer que tinha previsto minha porrada divina, mas decidiu recebê-la por respeito à hierarquia do meu reino. Eu me virei para ele.

— Conte-me o que aconteceu de verdade... ou lhe arrebento inteiro — ordenei.

Eu estava literalmente a ponto de explodir. Dependendo da resposta dele, podia destruir todo o reino dos mortos e parte do reino dos vivos, e ele sabia disso. Suspirou.

— Tá bem, tá bem... Assim que eu soube que Deméter tinha perdido sua filha, chamada Kore, fui logo procurar o senhor no seu palácio, mas antes de chegar lá a encontrei perambulando por perto. Ela me contou que tinha fugido porque queria ir embora, mas que o senhor não a tinha deixado...

— Ela não sabe o que quer — interrompi.

— Sei... Bem, eu a trouxe até aqui, mas a Hidra não nos deixou passar, por isso, tive que... O senhor já sabe. E deixei Kore aqui, exatamente onde ela está, mas ela não foi embora.

— Claro que não, ainda temos muitas coisas para fazer, eu mal lhe mostrei o meu palácio, não é mesmo, Kore?

Ela não respondeu, olhava para mim com muito medo.

— Não é mesmo? — insisti.

Ela assentiu muito sutilmente, segurando as lágrimas.

— Viu?

— Sr. Hades, ela não foi embora porque pensou que era uma armadilha minha.

— Não foi embora porque quer ficar COMIGO! E PONTO FINAL!

Segurei Kore pela mão, e fiz um gesto para que fôssemos até a entrada do submundo.

— Sr. Hades...

Eu o interrompi com um assobio. Hidra saiu do seu esconderijo e saltou no lago.

— Peça-lhe perdão — disse ao barqueiro.

— O... o que quer dizer com isso, sr. Hades?

— Ajoelhe-se e peça perdão a Hidra por tê-la machucado.

Caronte engoliu saliva e, pouco a pouco, para o caso de eu mudar de ideia, dobrou os joelhos até tocarem no chão.

— Pe... perdão...

— Mais alto!

Hidra estava tomando banho, nem aí para ele.

— Ela não está prestando atenção, sr. Hades.

— Mas eu estou! MAIS ALTO, SEU VELHO ESTÚPIDO!

Naquele momento, não tive a menor vergonha de falar assim com ele, sentia tanta raiva que o teria humilhado de mil maneiras.

— Perdão, Hidra!

— Melhor assim. Agora vou voltar para o meu palácio com minha amada Kore. Se você se atrever a dizer para alguém que ela está aqui, eu arrebento tudo, entendeu?

Ele abriu a boca para responder, mas se resignou e assentiu. Eu me virei e Kore e eu fomos embora, diante do olhar de decepção de Caronte. É irônico que a única forma de controlar o barqueiro do meu reino fosse ameaçar destruir o meu próprio reino.

ΣX

Atravessamos todo o túnel de Hidra e chegamos à margem do Lete, do outro lado estavam os Campos Elísios.

— Eu lhe mostraria o campo dos mortos maravilhosos, mas imagino que você já o tenha visto.

— Quero voltar para a minha mãe.

— Por falar na sua mãe, por que não me disse que era Deméter?

— Por favor, Hades.

Bufei.

— Por quê?

Ela não respondeu.

— Estávamos nos divertindo tanto, por que você quis ir embora? — insisti.

— Porque sim, porque não gostei de ter vindo desse jeito. Pensei nas ninfas, como devem ter ficado preocupadas e como minha mãe ficaria irritada se descobrisse que eu tinha desaparecido.

— Bem, talvez devesse ter dito isso antes.

— E você teria me levado até elas?

— Claro que sim — menti.

Kore começou a chorar. Fiquei muito triste por ela se sentir assim, mesmo que tenha sido por culpa minha. Cheguei mais perto para abraçá-la e, sim, me abraçou, se sentia tão só que até aceitou o meu consolo. Aproveitei para esclarecer algumas dúvidas que tinha desde o primeiro dia em que a vi.

— Por que você estava com elas no meio da floresta? — eu lhe perguntei.

Ela se afastou, pouco a pouco, e secou as lágrimas com as mãos.

— O quê?

— As ninfas, por que você estava com elas e não no Olimpo?

— Por causa da minha mãe. Queria que eu estivesse com elas para que me protegessem.

— De quê?

Ela me olhou de cima a baixo.

— De ser raptada por algum deus.

Fiquei em silêncio, muito desconfortável.

— O deus Hermes estava interessado em mim, e tentou se aproximar mais do que devia várias vezes...

— Maldito Hermes, tem toda a pinta de ser assim mesmo — eu a interrompi.

— É.

— É melhor voltarmos para o meu palácio.

— Quanto tempo ficaremos assim?

— Assim como?

— Como se não tivesse sido raptada.

— Uau! Não tem ninguém raptado aqui! O que está dizendo?

Eu ri alto como se Kore tivesse dito algo muito estúpido. Ela se irritou.

— Como tenho que te dizer? Não quero ficar aqui! Quero voltar para as ninfas!

— Para quê? Para passar o resto da sua vida com elas? Para sua mãe ficar tranquila? Não vê que ela está te superprotegendo?

Eu lhe disse isso como se estivesse tentando abrir seus olhos.

— Sim! Mas isso é problema meu, não seu.

— Só estou tentando ajudar.

— Mas eu não quero a sua ajuda!

Fiquei em silêncio durante algum tempo, talvez alguns minutos, e ela também. Queria que a situação esfriasse um pouco para poder tentar outra forma de convencê-la. Por mais chocante que lhes pareça, eu não tinha nenhuma intenção de deixá-la ir embora, mas o simples fato de imaginar isso me deixava muito triste. Então, aproveitei esse sentimento para forçar um soluço. Kore olhou para mim imediatamente.

— Você está bem?

Cobri o meu rosto enquanto segurava as lágrimas, sua voz soou como se estivesse realmente preocupada. Colocou uma mão nas minhas costas e meus olhos começaram a lacrimejar, foi como se tivesse apertado um botão. Afastei suas mãos e olhei para ela.

— O que foi? Por que está chorando?

— Ninguém gosta de mim — respondi, engasgando com meus próprios soluços.

Kore sacudiu a cabeça, parecia querer levantar minha autoestima.

— Isso não é verdade.

— É verdade, sim. Por que... — interrompi a mim mesmo com um grito. — Por que acha que estou aqui sozinho?

— Minha mãe me contou que você tirou a sorte com Poseidon e perdeu.

— Fui trapaceado!

Lágrimas enormes escorreram dos meus olhos.

— Puxa, eu não sabia disso.

— Você se importa se formos ao palácio? Não gosto que as almas dos mortais me vejam chorar.

— Não, não, claro. Vamos.

— Obrigado.

Sua atitude para comigo mudou por completo, eu tinha ganhado um pouco mais de tempo. Sobrevoamos o reino até chegarmos ao telhado do meu palácio, onde sua visita começou a correr mal. Eu me sentei numa borda com as pernas penduradas, ela se aproximou por trás de mim e sentou-se ao meu lado.

— Entendo como você se sente, Hades. Eu também estive sozinha a maior parte da minha vida.

Eu a olhei de lado, incrédulo.

— Você? Mas você tem as ninfas, que se preocupam com você...

— Para mim, as ninfas são como o barqueiro para você.

Eu ri.

— Eu não priorizaria estar com Caronte a estar com você.

— Bem, então outro.

Neguei com a cabeça.

— Não o quê? — perguntou Kore.

— Não há ninguém com quem eu prefira estar do que com você.

Ela corou. Eu não podia acreditar, parecia que minha nova estratégia estava funcionando, então aproveitei o momento.

— Posso lhe pedir uma coisa?

— Bem, depende.

— Depende de quê?

— Do que você vai me pedir.

Claro, faz sentido.

— Quero te pedir outra chance.

Kore suspirou.

— Espere, espere, não se preocupe, que eu ainda não te pedi nada.

Ela me olhou, confusa.

— Mas você acabou de fazer isso.

— Não, por enquanto só disse que quero lhe pedir algo.

Ela riu um pouco. Eu fiquei olhando para ela durante alguns segundos, abobado, mordendo meu lábio inferior.

— O que você está olhando?

— Você tem um sorriso muito lindo.

Voltou a corar.

— Ai, não seja tonto!

Deu um tapinha no meu ombro.

— Como assim, tonto? Eu sou tonto?

Ela riu outra vez. Eu também.

— Tá bom, vamos, prepare-se, que eu lhe peço — disse, me levantando.

— Me preparar? Como?

Também se levantou.

— Não sei, suas orelhas estão prontas?

— Minhas orelhas? — perguntou, tocando-as.

— É, estão preparadas para ouvir?

— O quê?

— Se estão, prepara...

Kore riu.

— Essa foi boa — confessei, com um sorriso.

— Vai! Peça-me! — exclamou.

Isso não podia ser melhor. Não só tinha conseguido virar completamente o jogo, como também tinha criado vínculos com ela. Tinha sido sincero, tinha lhe contado meu maior medo. Sim, suponho que ela tinha sentido pena de mim, mas isso não me importava, se fosse para passar mais tempo com ela. Estava prestes a lhe pedir, as palavras estavam preparadas para sair da minha boca, mas fui interrompido por um relâmpago, seguido de um trovão ensurdecedor. Meu irmão Zeus tinha acabado de aparecer.

29

Dos seus olhos saíam faíscas, como se pequenas ninfas os estivessem soldando. Tinha a testa franzida e os punhos cerrados. Quer dizer, estava irritado, muito irritado. Mas me atrevo a dizer que não tanto quanto eu. Ele apareceu na outra ponta do telhado; assim que deu um passo na nossa direção, eu me coloquei diante de Kore.

— Você pode ficar aqui até eu voltar? — eu lhe sussurrei.

— Era isso que você queria me pedir?

Sorri e virei um pouco a cabeça na direção dela, para ver seu lindo rosto.

— Por enquanto, sim.

Kore concordou, e eu suspirei de alívio.

— Você me traiu, irmão! — gritou Zeus, avançando aos poucos.

— Ah, é? E daí?

— Não zombe de mim, Hades, ou...

— Ou o quê? O que vai fazer?

— Não queira saber.

— Não me interprete mal, Zeus, eu não sou um mortal que você possa fulminar com um estalo.

Eu sei, estava ficando muito metido, talvez porque Kore estivesse lá e isso fazia com que eu ficasse todo arrogante e poderoso, mas meu irmão nunca tinha me visto assim e sabia que eu tinha razão. Relaxou os punhos e as ninfas pararam de soldar.

— Você está diferente — ele disse.

Sorri para ele com ironia.

— Oi, filha — acrescentou.

Kore ergueu as sobrancelhas. Provavelmente era a primeira vez que a chamava de "filha" ou que a cumprimentava.

— Por que não vamos conversar em outro lugar? — perguntei.

— Está bem, como quiser, estou no seu reino.

"Meu reino", disse, o desgraçado.

— Siga-me.

Pulei do telhado e ele fez o mesmo atrás de mim. Levei-o aos Campos Elísios, era o melhor lugar para ter aquela conversa. Um lugar lindo e alguns mortos que tinham bebido das águas do esquecimento e não faziam ideia de quem éramos.

— Belo campo, embora minhas vacas pastem em lugares melhores.

A deusa Hera e ele eram grandes fãs das vacas, cada um tinha as suas.

— Você pode sempre voltar para elas se não estiver confortável aqui embaixo.

— Olhe, vou buscar Kore e vamos embora.

Eu o segurei pelo braço. Ele olhou para a minha mão, espantado.

— É sério, Hades? Você gosta tanto assim da minha filha?

— O que eu sinto por Kore é algo que você nunca conseguirá experimentar na vida.

Ele desatou a rir.

— Do que está rindo?

— Como você pode ser tão ingênuo? Quando vai crescer?

— Está mesmo tentando me dar lições de vida? Você?

— Não vou nem discutir. Você vai me largar e eu vou levar Kore de volta para a mãe dela, antes que morram mais mortais.

— Você não vai levá-la, Zeus.

— Não faça papel de ridículo. Você vai conhecer mais deusas, ninfas e mortais para fazer o que quiser com elas, como eu faço.

— Eu não sou como você.

Ele me segurou pelo pescoço com a mão livre e me levantou um palmo do chão.

— Você bem que gostaria de não ser, irmão.

Tentei interrompê-lo, mas fiquei sem fôlego.

— Por mais que você tente se enganar, não conseguirá escapar do que é de verdade, ou será que Kore está aqui por livre e espontânea vontade? — acrescentou.

Soltou-me de repente e eu caí no chão.

— Ela... ela gosta... de mim...

— Gosta o caramba, Hades! Somos deuses! Não somos queridos, somos temidos. Quando vai entender isso?

Aquelas palavras ecoaram na minha cabeça. Eu me negava terminantemente a aceitar que talvez ele tivesse razão, não podia viver sabendo que ninguém poderia me amar e, assim como os mortais, me agarrava à esperança que Pandora havia deixado cair pelo meu reino. Estava convencido de que podia fazer que Kore me amasse, mas para isso precisava de tempo. Se tinha conseguido que ela voltasse a sorrir para mim depois de tê-la prendido no submundo, poderia fazê-la se apaixonar por mim. Mas não parecia que meu irmão fosse mudar de opinião de jeito nenhum, então decidi lhe pedir um pouco do que precisava.

— Mais um dia.

— Como assim, mais um dia?

— Deixe-a ficar comigo mais um dia, só mais um.

Zeus olhava para mim com um ar de total confusão.

— Mas por quê?

— Por que não?

Não soube como responder a isso.

— Irmão, deixe-me passar mais um dia sem me sentir o deus mais excluído de todos, por favor — acrescentei.

Estava lhe implorando? Um pouco. Zeus gostava disso? Ah, como gostava. A expressão no seu rosto mudou por completo e, num momento épico de benevolência, estendeu sua mão e me ajudou a levantar do chão. Fiquei de pé e ele colocou suas mãos robustas sobre os meus ombros.

— Daqui a exatamente um dia, enviarei um dos deuses para vir buscar Kore, está bem?

Contive minha euforia e só mostrei um sorriso de agradecimento. Concordei. Respeitando aquele momento fraternal e íntimo, ele foi embora no mais absoluto silêncio e com um brilho tímido. Eu tinha ganhado um pouco de tempo, mas muito pouco. Minha felicidade durou menos do que a fidelidade de Zeus a Hera. *O que eu pretendia conseguir em apenas um dia? Mesmo que lhe tivesse pedido mais tempo, o que eu conseguiria? Iam levá-la de qualquer forma,* pensei. Fui invadido por um sentimento horrível de frustração e dei um pontapé na árvore que estava ao meu lado. Ela foi parar no telhado rochoso do meu reino, ficando presa lá, só caindo seus frutos, e me afastei para que não caíssem na minha cabeça. Eram romãs belíssimas, brilhantes, até conseguia ver meu reflexo nelas. Peguei uma e a manuseei um pouco. *Vou levá-la para Kore,* pensei. Mas imediatamente me lembrei da reação de Caronte quando lhe disse que tinha arrancado alguns asfódelos para Kore provar. *Faria o mesmo se eu lhe levasse uma romã?* Aconteceu que, enquanto mantinha esse monólogo interior, Caronte apareceu na margem dos Campos Elísios. Estava deixando um morto. Pulei e pousei bem na frente dele, que me viu chegar.

— Sr. Hades, Hermes acabou de me contar que Zeus esteve aqui.

— Pois é. E agora que estou pensando... como sabia que Kore estava aqui?

Agora era tarde demais para pensar naquilo.

— Garanto que não foi por mim, sr. Hades.

— Você já mentiu para mim uma vez, não sei por que eu deveria acreditar em você agora.

Caronte saiu do barco e ficou na minha frente, a poucos centímetros do meu rosto.

— Eu não sou nenhum dedo-duro, sr. Hades.

Sinceramente, acreditei. Parecia muito humilhante para ele ser considerado um dedo-duro. E, mais tarde, descobri que quem tinha contado para Zeus que Kore estava aqui embaixo tinha sido Hélio, o titã encarregado de conduzir o carro do sol. É que ele viu Kore e eu descendo para o meu reino, mas não disse nada até que Zeus lhe perguntou se ele tinha visto alguma coisa.

— Tá bom, tá bom, desculpe-me por tê-lo acusado disso. Eu lhe ofereço uma romã como pedido de desculpas.

Estendi-lhe a fruta, e ele a pegou com um pouco de surpresa.

— Obrigado, sr. Hades.

— Você a divide comigo?

Olhou para mim, confuso.

— Agora, sr. Hades?

— Sim, algum problema?

Negou com a cabeça, abriu a romã ao meio e me deu uma metade. Esperei que ele comesse primeiro; não demorou muito para tirar uma semente e devorá-la. Fiquei um pouco confuso, esperava um pouco mais de relutância, ainda não sabia qual era o problema de comer coisas do submundo. Por isso, fui um pouco mais direto ao ponto.

— Que pena que nem todos possam desfrutar desses frutos maravilhosos, não acha, Caronte?

O barqueiro engoliu.

— É verdade, sr. Hades, vale a pena ficar preso no submundo para provar a sua comida.

O quê?!

30

Não lembro se cheguei a me despedir de Caronte ou se fui embora sem mais nem menos. Era a minha única oportunidade de conseguir que Kore ficasse e não tinha tempo a perder. Colhi outra romã pelo caminho e voei de volta para o telhado do meu palácio. E sim, lá estava ela, esperando por mim. Tinha cumprido sua palavra.

— Kore! — exclamei com um sorriso bobo.

— O que aconteceu? Como foi?

Estava preocupada. Eu estava tão emocionado com o que tinha acabado de descobrir que nem pensei no que ia lhe dizer, por isso, lhe contei a verdade. Expliquei que Zeus ia mandar alguém para levá-la embora no dia seguinte, mas que eu tinha lhe pedido para ficar mais um dia com ela.

— E por que está tão feliz? Provavelmente nunca mais vamos nos ver.

Devo ser um idiota, pensei. Meu sorriso desapareceu de repente.

— Porque você podia ter ido embora outra vez, mas me esperou. E isso me deixou feliz.

Ela acreditou em mim. Eu poderia lhe ter dito que tinha descoberto uma maneira de ela ficar comigo para sempre, mas ela provavelmente não teria gostado da ideia. Não podia esquecer que me odiava com toda a sua alma até pouco tempo atrás.

— Mas fico muito triste de que esta seja nossa última vez juntos — acrescentei.

— Eu também.

— É sério? Não está contente de ir embora daqui?

Ela deu de ombros.

— Ah, sim e não.

— Faz todo sentido para mim.

Ela riu.

— É que, sim, quero voltar para as minhas ninfas e ver a minha mãe... e, não, porque gostaria de ver você de novo algum dia, mas por minha livre e espontânea vontade.

Assenti.

— Se você pedir para sua mãe, talvez ela lhe deixe vir.

— Conhecendo a minha mãe, ela deve estar querendo matar você agora mesmo.

— É muito provável.

Nós dois rimos.

— Sempre tive a curiosidade de saber como vocês eram quando pequenos.

— Acho que nunca fomos pequenos, logo que saímos da barriga do nosso pai, tivemos que enfrentar os titãs.

— É verdade... Sinto muito que você tenha crescido no meio de toda aquela violência.

— Bom, fazer o quê, com a sua bisavó Gaia foi pior.

Ela teria ficado orgulhosa de mim por eu ter dito aquilo.

— Sim, mas o fato de que outros tenham passado por situações piores não invalida os seus sentimentos.

— Sério? Sempre achei isso.

— Claro, minha mãe também me disse algumas vezes que ela não tinha ninguém para protegê-la como eu tenho a ela, e sempre lhe digo que isso não significa que não me sinta sufocada.

— Você é incrível, Kore.

Ela riu de novo.

À medida que íamos compartilhando nossas experiências, eu só conseguia pensar em lhe dar a maldita romã e tê-la aqui comigo para sempre. Mas o dilema apareceu de novo. Se desse a ela sem lhe contar o porquê, estaria mentindo; isso estragaria tudo o que tinha consertado, ainda que ficasse comigo. Se lhe contasse, talvez aceitasse e ficasse comigo para sempre de maneira voluntária, mas a probabilidade de ela me dizer não era muito maior. Só pensava nas duas opções.

— Ah! — gritou.

Levei um susto.

— O que foi?

— Não posso ir embora daqui sem ver o Cérbero.

Respirei, aliviado.

— Caramba, Kore, você me assustou.

— Desculpe, é que acabei de me lembrar.

— Certo, então, vamos lá, me dê a mão.

— Eu sei voar sozinha, tá?

— Eu também, mas gosto de segurar a sua mão, especialmente se essa for a última vez.

Ela sorriu e nos demos as mãos. Sobrevoamos o Campo de Asfódelos e pousamos na entrada da sua guarida.

— Fique atrás de mim, às vezes ele é um pouco grosseiro com desconhecidos.

Entramos em seus aposentos e, a poucos passos, ele sentiu o meu cheiro e começou a latir de alegria.

— Dá para perceber que tem três cabeças só de escutar o seu latido — disse Kore.

É verdade, Cérbero latia em som *surround*. Ele me viu primeiro e corri para o abraçar, e ele me encheu de baba. Por sorte, eu levava a romã bem escondida. Mas o incrível foi quando ele viu Kore. Não, não ficou irritado, nem com ciúmes, nem nada do tipo. Muito pelo contrário, ele relaxou. Foi como se lhe tivessem injetado um tranquilizante divino. Afastou as três cabeças de mim e se dirigiu até ela quase em câmera lenta.

— Oi, coisinha linda, que cabeças mais lindas você tem... — disse, enquanto o acariciava.

Cérbero abriu a boca e deixou cair suas línguas viscosas enquanto ofegava e abanava o rabo. Não que eu precisasse da aprovação do meu cão, mas foi o sinal derradeiro de que eu não podia deixá-la escapar de jeito nenhum. Estava me divertindo muito com ela, mas, como já lhes disse, Cronos conta o tempo mais depressa quando você está à vontade. Então eu não tinha muito tempo a perder.

— Pronto, Kore, vamos embora.

Cérbero grunhiu para mim.

— Ele não quer que eu vá embora. Que fofo!

— Cérbero, faça-me o favor.

O maldito cão voltou a grunhir para mim. Kore estava rindo e eu começando a ficar muito nervoso.

— Por que você quer ir embora? Estamos bem aqui, não estamos, meu Cerberinho?

— Bem, é que eu queria lhe dar uma coisa antes de você ir embora.

— Oh, que mistério...

— Não, quero dizer, é uma bobagem... mas estou muito ansioso por isso.

— Ai, então tá, me diga o que é!

Eu lhe mostrei a romã. Brilhava como se fosse um tesouro. Kore ficou boquiaberta.

— O que é isso?

— Você nunca comeu uma romã?

— Uma o quê?

Eu ri.

— Então, vai provar a melhor de todas.

Sorriu, parecia empolgada, mas não tanto quanto eu.

— Esta é a melhor? — perguntou.

— Claro que sim, eu tenho as melhores frutas que existem.

— Ah, eu adoro frutas.

Isso não é demais?

— Ótimo, vamos.

Fiz menção de ir embora.

— Para onde?

— Não quer experimentar a romã? — perguntei, um pouco assustado.

— Quero, mas é melhor aqui, estou com pena do Cérbero.

Eu podia ter discutido, ter insistido para ir para outro lado, mas percebia Cronos acelerando seu contador. O mais difícil eu já tinha conseguido, tentar que fosse perfeito era muito arriscado. Então concordei. Fiz aparecer uma faca pequena e, com um leve movimento, dividi a fruta em duas porções perfeitas. Coloquei uma em cada mão e as aproximei dela. Kore parou de acariciar Cérbero para pegá-las, mas, de repente, uma das cabeças dele se lançou sobre minha mão direita para tentar comer uma das metades.

— Cérbero, não! — gritei.

Não tive tempo de reagir, ele a engoliu.

— Merda! Que droga!

Kore estava morrendo de rir e eu estragando tudo.

— Coitadinho, estava com fome. Não fique bravo, Hades.

— Não, não estou bravo...

Estava muito bravo.

— Mas quero que você prove a romã antes de ir embora, e o tempo está passando, Kore.

— Ah, sim, é verdade, vamos lá.

Eu lhe dei a outra metade, enquanto vigiava para que Cérbero não a interceptasse. Kore a pegou e ficou olhando para ela.

— Tenho que comer as bolinhas, não é?

Quer me fazer o favor de comer logo essa maldita romã? Que droga! Eu quero passar o resto da minha vida com você!, eu gritava por dentro.

— Sim, se chamam sementes — respondi.

Cerbe estava babando.

— Nem pense nisso — disse ao meu cão.

Kore colocou os dedos dentro da romã e pegou uma sementinha. Ela a segurou e a observou como se fosse uma pepita de ouro. Aquilo estava me deixando louco, tinha vontade de gritar com ela para que se apressasse, poderiam vir buscá-la a qualquer momento e ela estava olhando para a bolinha com uma parcimônia ofensiva. Mas, finalmente, sua mão começou a descer em direção à boca e a sementinha chegou ao seu destino. Mastigou e engoliu. Transbordei de felicidade, me deixei levar e até saltei de alegria. Ela olhou para mim, confusa, e nós dois nos esquecemos do cachorro, que aproveitou a nossa distração para lamber e devorar quase toda a parte de dentro da romã, e minha felicidade se transformou em pânico. Kore já tinha comido, sim, mas naquele instante, e por surpresa, surgiu uma dúvida em minha cabeça. Será que uma única semente era suficiente?

31

Eu não tinha pensado nisso até aquele momento. Era paranoia minha ou uma dúvida razoável? Corri para ver o que restava lá dentro. Cinco sementes. Cérbero, seu maldito. Eu estava muito preocupado e, é claro, Kore não entendia o que tinha de errado comigo.

— Poxa, Hades, não sabia que isso era tão importante para você.

Eu não disse nada, estava um pouco em choque. Ela, para me animar, pegou as que sobraram e as levou à boca.

— Mmm! Que delícia! É muito gostosa, hein? Você tinha razão.

Comecei a me sentir muito mal. Tinha conseguido fazer com que ela comesse, mas tinha sido muito caótico e desconfortável para agora descobrir que seis sementes não eram suficientes e eu tinha acabado de desperdiçar meus últimos momentos com ela.

— Hades, você está bem?

Eu a abracei, e ela me abraçou de volta.

— Não sei o que vai acontecer, mas espero que você possa me perdoar algum dia — sussurrei em seu ouvido.

Ela se afastou de mim imediatamente, assustada.

— O que você quer dizer com isso?

Não respondi. Dei as costas para ela e corri em direção à saída da guarida de Cérbero. Podia sentir que o fim estava próximo e queria estar na primeira fila.

— Hades! — gritou Kore.

Ela correu atrás de mim. Cérbero uivou, ele também estava sentindo. Cheguei e, é claro, do lado de fora estava Hermes nos esperando com um sorriso de orelha a orelha.

— Não havia outros deuses disponíveis?

Lembrem-se de que ele estava muito interessado em Kore.

— Mastigue bem a raiva, Hades, não vá se engasgar. Ha, ha, ha!

Kore chegou em segundos.

— Hermes? — perguntou, incomodada.

— O próprio, linda, me dê a sua mão.

Ele estendeu a dele, mas a retirou em seguida quando viu a meia romã vazia que Kore ainda estava segurando. Seu sorriso derreteu como a neve.

— O que significa isso? — perguntou, apontando para a fruta.

Kore a olhou para ver se tinha algo estranho com a romã. Hermes olhou para mim.

— Ela comeu?

Eu ainda não tinha certeza se havia sido suficiente ou não, então me fiz de louco.

— Por quê?

Hermes franziu a testa.

— Você sabe muito bem, Hades.

— O que está acontecendo? — ela perguntou, confusa.

O deus mensageiro olhou de novo para ela.

— Você comeu?

Kore procurou contato visual comigo, mas meus olhos não desgrudavam do chão.

— Sss... sim.

Hermes chutou o chão, que tremeu até o teto. Sem dúvida, a força do deus mentiroso certamente não condizia com sua aparência. Ele gritou de frustração. Se tinha alguma coisa que odiava, era perder. Kore se aproximou de mim e agarrou meu queixo para que eu olhasse para ela.

— Por que ele ficou assim? O que há de errado com essa fruta?

— Você a condenou! Condenou a filha de Deméter! — exclamou Hermes.

Kore explodiu.

— Alguém pode me explicar o que está acontecendo?!

Jogou a romã no chão.

— Todo aquele que come qualquer coisa do submundo é obrigado a ficar aqui — respondeu Hermes.

Ela ficou paralisada.

— Não me surpreendo que ele não tenha lhe contado... — acrescentou.

Eu estava morrendo de vergonha. Kore se virou para mim bem devagar.

— Por isso você insistiu tanto?

Assenti levemente.

— Não posso acreditar...

— Tinha medo de perder você — eu a interrompi.

— Pois acabou de perder!

Agora, sim, olhei para ela.

— Não, porque você vai ficar.

— Estar ao seu lado não significa que queira estar aqui, seu manipulador.

— Veremos.

— Eu odeio você! Seu maldito desgraçado, você é igual aos seus irmãos.

— Não sou!

— Sim, você é — acrescentou Hermes.

— Você também não é o mais indicado para falar — disse para ele.

— Nenhum de vocês é! Não salva nenhum! Minha mãe tinha razão! SÃO TODOS HORRÍVEIS! TO-DOS! AH! Como é possível que eu tenha que ficar aqui por ter comido seis estúpidas bolinhas de nada? Como?!

— Espere, o quê? Quantas você comeu? — perguntou Hermes.

Oh-oh.

— Seis sementes. Por quê?

Hermes sorriu de novo e, mais uma vez, estendeu a mão para Kore. Entrei em pânico.

— O que está fazendo? Não pode levá-la embora, ela deve ficar.

— Isso não é você quem decide.

— Ah, não? Então quem? Zeus?

— Vamos embora, Kore.

Ela olhou para mim, furiosa, agarrou a mão de Hermes e os dois foram embora voando.

— Isso vai contra as leis do meu reino! Você voltará, Kore, filha de Deméter! Você voltará!

Estava a ponto de persegui-los, mas não me atrevi. Sentia-me muito confuso e cheio de raiva. Não conseguia tomar nenhuma decisão. Mil coisas passavam pela minha cabeça. Queria ir para o Olimpo e lutar contra todos até que o mundo fosse reduzido a cinzas, ou entrar na guarida de Cérbero e esmagar suas cabeças restantes por ter sabotado meu plano, ou até mesmo me sacrificar. Mas, para a sorte do meu cão e para a de vocês, decidi não fazer isso. Em vez disso, voltei ao meu castelo e o destruí. Os pedaços voavam como uma chuva de meteoros. Não houve ninguém em meu reino que não tenha ouvido os meus gritos. Destruí tudo e apenas meu trono ficou de pé... e o de Kore. Não porque eu tivesse esperança, já não tinha mais nenhuma, mas porque queria que aquela fosse a última coisa que se transformasse em pó. Eu me aproximei por trás de seu assento, abracei o encosto e comecei a chorar como uma criança. Pouco a pouco, aumentei a força, mas, antes que eu conseguisse destruí-lo, alguém pulou em cima de mim e me deu uma pancada tão forte na cabeça que literalmente me enterrou no chão do meu reino, de bruços. *Quem tinha sido?* Eu me contorci como um besouro com as patas para cima até que consegui me soltar. Levantei os olhos e a vi, de pé, bem na minha frente: era Deméter. Seu soco tinha me machucado, mas nada se comparava com o seu olhar. Tentei me levantar, mas ela pisou na minha cabeça e eu voltei a comer o chão.

— Esperava isso de qualquer um, Hades...

— Sin... to... muito... Ah!

Pisou mais forte.

— Nem pense em pedir desculpas.

— Solte-o — disse outra pessoa.

Rapidamente, Deméter afastou o pé e deu um passo para trás, e eu aproveitei para me levantar. Meu irmão Zeus tinha chegado, e eles estavam um ao lado do outro.

— O que aconteceu com o seu castelo? — perguntou ele.

— O mesmo que acontecerá com o Olimpo se não me devolverem Kore.

Deméter deu um passo na minha direção, mas Zeus a segurou pelo braço.

— Você nunca mais a verá em sua vida — ela disse.

— O quê? Isso é verdade, Zeus?

— Vamos ver...

Deméter olhou para ele, incrédula.

— Não, Zeus, não há nada para ver.

— Ela comeu uma fruta do submundo, a lei diz que... — comecei.

— Eu sei o que a lei diz — Zeus me interrompeu.

Ele estava aflito, queria resolver aquilo o mais rápido possível, então, o pressionei.

— Se as leis dos reinos não forem respeitadas, nada disso tem sentido, e todos podemos nos esquivar de nossas responsabilidades, irmão.

— Isso... é verdade... — ele disse.

— Tenha cuidado com o que você decide, Zeus, porque se eu me esquivar das minhas, você vai ficar sem humanos — sentenciou Deméter.

Ele bufou e levou as mãos à cabeça.

— Ela está te chantageando, Zeus.

— E você não?! — exclamou minha irmã.

— Olhe, vamos chegar a um acordo — disse Zeus.

— Como assim, um acordo? — perguntou Deméter.

— Qual é o problema?

— Não pretendo chegar a acordo nenhum. Minha filha fica comigo e pronto, não há mais do que falar.

Dos olhos de nosso irmão saíam faíscas, ele já estava de saco cheio daquela situação.

— O mais sensato a fazer é dividi-la.

Meus olhos se iluminaram.

— Você só pode estar brincando... — soltou Deméter, cerrando os punhos.

— Um tempo com você, outro com Hades, e assim sucessivamente. É a minha decisão final.

— Por mim tudo bem, Zeus — disse, segurando a vontade de pular de alegria.

— Por mim, não!

— Não estou nem aí, Deméter, vou deixar bem claro para você.

— Ah, é? Tudo bem, a gente volta a conversar quando seus humanos de merda morrerem de fome de novo.

Zeus lhe deu uma bofetada no rosto.

— Não me venha com ameaças, que eu acabo com a sua existência.

Deméter se recompôs pouco a pouco.

— Você já fez isso. Tirou minha filha de mim.

— Não exagere, vocês vão se revezar. Quando não estiver com ela, você ficará triste, mas quando ela voltar, ficará ainda mais feliz em vê-la.

— Não haverá comida quando minha filha estiver no submundo.

— Portanto, que guardem. Os humanos também devem aprender a ter visão de futuro e não esperar que haja alimento o tempo todo, já estão bem crescidinhos.

— É uma ideia incrível, Zeus, todos saímos ganhando com isso — eu disse.

Minha irmã me olhou transbordando de ódio e apontou um de seus dedos floridos para mim.

— Você é o pior de todos.

— Como?

— Sempre se achou melhor do que os nossos irmãos, mas é o pior deles.

Fiquei boquiaberto.

— Isso não é verdade.

— É, sim. Porque podemos vê-los se aproximando, mas você... Você é perverso, mentiroso, manipulador. Faz os outros acreditarem que você é bom, que não é como o resto dos deuses, mas você é igual a eles. São todos iguais.

Zeus colocou a mão no ombro de Deméter, mas ela se afastou.

— Não toque em mim! Que droga! Por que não me deixa em paz? Tudo isso é culpa sua! Tentei protegê-la de você e de seus filhos depravados para que não acontecesse com ela a mesma coisa que aconteceu comigo, mas não adiantou de nada! Odeio vocês!

Deméter, soluçando, saiu em disparada até o teto do meu reino e o atravessou. Fiquei ali parado por um tempo, olhando para cima, pensando no que ela tinha dito para mim. Abaixei os olhos e vi Zeus com um sorriso de cumplicidade em seu rosto, como se nada tivesse acontecido. Aproximou-se de mim, levantou a mão direita e me deu dois tapinhas no ombro, seus benditos tapinhas.

— Aproveite.

E foi embora formando uma bola de luz tímida e silenciosa. As palavras da minha irmã me magoaram, mas isso não era nada comparado com a felicidade que eu senti ao saber que veria Kore de novo. Talvez vocês não tenham percebido, mas essa história da minha vida é a razão da existência do que vocês chamam de estações do ano. Quando Kore desce comigo, Deméter fica triste e tudo deixa de florescer, as folhas caem e o frio começa. Vocês chamam isso, primeiro, de outono e, depois, de inverno. E quando sua filha volta para ela, começa a primavera, e em seguida, o verão. E minha tristeza e felicidade, como isso os prejudica? Bem, para os vivos, em nada, mas, se puderem, recomendo que não morram quando não estou com ela. As seis sementes que ela comeu são os seis meses que ela passa em meu reino. Se tivesse comido doze, estaria o ano inteiro comigo? Não, a única coisa que aconteceria é que o ano de vocês teria vinte e quatro meses e as estações seriam mais longas.

Quando Kore voltou, ela estava muito irritada, e somente no seu terceiro retorno pôde desfrutar de estar ao meu lado. Foi então que seu nome, Kore, "donzela", ficou para trás e, como rainha do submundo, passou a se chamar Perséfone, "aquela que traz a morte". Há quem diga que ela acabou se apaixonando por mim, outros, que sofria do que vocês chamam de síndrome de Estocolmo, mas isso não cabe a mim dizer. Se quiserem saber, perguntem para ela.

A única coisa que posso dizer é que sempre fui muito feliz com Perséfone e, por pior que lhes possa parecer, não me arrependo de nada do que fiz para que ela ficasse. Além disso, não há nada que possa ser feito agora. Não me importo se vocês não me entendam, no fim das contas, sou um deus e vocês, os *followers* de Zeus. Sempre estarão do lado dele, nasceram para isso.

E, sim, entendo que alguns de vocês estejam decepcionados comigo. Eu também fiquei decepcionado comigo mesmo durante um tempo, quando percebi que havia usado meu poder e meus privilégios para me aproveitar de Perséfone. Mas isso foi há muito tempo, e já passou. Além do mais, era outra época.

Esta é a minha história — bom, parte dela — e, por enquanto, eu a encerro aqui. É provável que vocês tenham sentido todo tipo de coisa enquanto a liam. Talvez agora me amem ou, quem sabe, me odeiem, mas lembrem-se de que seu destino *post mortem* está em minhas mãos. E comparado ao que outros deuses fizeram, o que eu fiz não é nada. A influência dos outros sobre mim foi muito grande, ou seja, tecnicamente, não posso ser considerado totalmente responsável. Eu também sou uma vítima, não sou?

AGRADECIMENTOS

OBRIGADO, SERGI, POR ME ESPERAR, E SANDRA, PELOS SEUS conselhos. Obrigado ao meu filho por ter nascido quando eu já tinha terminado o livro, aos meus gatos por não terem pisado no teclado quando eu deixava o documento aberto e às minhas cachorras por me terem obrigado a sair para passear na mata. E obrigado, Neus, por me ter dado um pouco de seu tempo para ouvir minhas ideias e dar sua opinião. Ainda mais tendo em conta a rapidez com que Cronos conta quando estamos com as pessoas que amamos.

CONHEÇA TAMBÉM

Ariadne, a princesa apaixonada pela luz da manhã e pela beleza da dança, cresceu ouvindo histórias de deuses e heróis. Mas essas histórias, contadas pela aia do castelo do grande rei Minos, não eram os únicos sons que ecoavam pelos corredores do palácio dourado: abaixo, muito abaixo das opulentas galerias, vindos dos cantos mais obscuros de um labirinto, os urros de um monstro demandavam sangue. E esse monstro era seu irmão, o Minotauro.

Quando Teseu, jovem guerreiro e príncipe de Atenas, chega disposto a derrotar a terrível criatura, Ariadne enxerga uma saída nos belos olhos verdes do herói. Desafiando a ira dos deuses, traindo a própria família e arriscando sua vida por amor, Ariadne ajuda Teseu a matar o Minotauro.

Em um mundo em que mulheres parecem ser meros peões nas mãos de homens poderosos, será que a decisão de Ariadne a levará ao final feliz que ela tanto deseja? Ou a ambição de seu amado a conduzirá à ruína?

"Uma releitura perspicaz e cheia de lirismo." – *Daily Mail*

"Se você gosta de *Circe* e de *A canção de Aquiles*, de Madeline Miller, vai devorar *Ariadne*." – *Glamour*

Acreditamos
nos livros

Este livro foi composto em Linux Libertine e impresso pela Lis Gráfica para a Editora Planeta do Brasil em abril de 2024.